鬼畜な執事の夜のお仕事

目次

鬼畜な執事の夜のお仕事

一

窓の外に鮮やかな青空が広がっている。ふと目に入ったそれに、橋本薫子《はしもとかおるこ》は学食の真ん中で足を止めた。

手には食べ終えたばかりの食器が載《の》ったトレイを抱えている。狭い通路で立ち止まってしまったので、すれ違う学生が邪魔そうにしていた。

それでも薫子は目に入った空に心を奪われたまま、立ち止まっていた。

どこまでも青く切なくなるような色の空に子供の頃の思い出が甦《よみがえ》り、その場から去り難《がた》くなっていたのだ。

あれはいつの頃だっただろう……

三歳？　それとも四歳くらい？

その頃も雲一つない抜けるような青空に惹《ひ》きつけられて、薫子は飽《あ》きずに眺《なが》めていた。そのうちになんとかしてその「空」を手に入れたくなって、絵を描くようになっていた。

よく見ると、同じ青でも場所によって微妙に色が違う。だから薫子は必死になって、毎日白い紙に青い色を広げていた。

「空の絵？」

そう聞いてくれたのは誰だっけ？

みんなが薫子の絵を見て、ただ青い絵の具を塗りたくっているだけとしか思わず、もっとちゃんとした物を描きなさいと言った。しかし、たった一人だけ、それが空の絵だと理解してくれた人がいたのだ。

大叔父様だったかしら？　それとも、とっくん？

子供の頃、薫子は年に数回、「大叔父様」と呼んでいた人物の屋敷に遊びに行っていた。まるで物語に出てくる貴族のお屋敷そのもののようなそこで、薫子の相手をしてくれたのは、大叔父様と屋敷に住んでいた年上の男の子、「とっくん」。

大叔父様はいつも薫子の絵を褒《ほ》めてくれた。それが嬉しくて何枚も何枚も描いて見せたものだ。

とっくんとは、隠れん坊など子供らしい遊びもしていたが、彼もよく薫子が絵を描くところを眺めていた。薫子にとって、とっくんは初恋の相手といってもいいかもしれない。

長い休みの度《たび》に二人に会いに行くのがとても楽しみだったのだけれど、いつしか足は遠のき、その頃の記憶も曖昧《あいまい》になってしまった。

おそらく父が、薫子が五歳の時に亡くなり、二年後に母が再婚したせいだろう。

新しい父ができた年の夏休み、「今年も大叔父様の屋敷に行くのよね」と尋ねた薫子に、母は「もう二度と行かない」と言った。

その時の母の顔が、怒っているような悲しんでいるような複雑な表情だったため、薫子は子供心に、これ以上聞いてはいけないことなのだと理解した。

そうしてもう一度聞く機会を見つけられないまま、屋敷での記憶は少しずつ風化していった。

その母と義父も、薫子が美大へ入学してすぐに車の事故で亡くなった。兄弟姉妹もいない薫子に、あれが本当にあったことなのか、確かめる相手はいない。

保険金と、義父が残してくれた小さな一軒家のおかげで一人でもなんとか暮らせているのだが、ただいまと言っても返事のない家に帰るのは寂しくて、最近ではお屋敷の記憶に思いを馳《は》せることが増えていた。

二人の遺品を整理していたある日、母の日記が見つかった。そこに書かれていたのは、『おじ様はお元気かしら?』という言葉。大叔父様と連絡を取らずにいることを後悔しているような記述もあった。

それを読んだ時、代わりに連絡を取りたいと思ったけれど、残念ながら薫子には屋敷がどこにあるのかわからなかった。

そもそも大叔父様が何をしている人なのかもわからない。

お屋敷の規模や使用人の数を考えると、大企業の社長や資産家といったところなのだろうけれど……

何一つ具体的なことを思い出せない自分がもどかしい。

と、その時薫子はいきなり誰かに鋭く声をかけられた。

「ちょっと、あなた。そこに突っ立っていられると邪魔なんですけれど?」

「え？　あっ……」

すっかり自分の世界に入っていたが、そういえばここは美大の学食だ。思い出に浸《ひた》るあまり、周りが見えていなかった。

「もう、本当に邪魔」

声の相手はそう言いながら薫子を押しのけた。その勢いでトレイに載《の》っていたうどんの丼《どんぶり》が引っくり返る。

「きゃっ！　やだ、あなたがすぐにどいてくれないからっ！　服にシミがついちゃったじゃない」

丼はかろうじて床に落とさずに済んだが、汁はほぼ全てぶちまけられた。しかもその際、天カスも一緒に飛び散っている。ほとんどは薫子がかぶったが、相手の服にも少しかかってしまったらしい。とはいえ薫子は絵を描く時用の白衣を着ていたので、これさえ脱いでしまえば被害は少なそうだ。

「本当にごめんなさい」

慌てて側のテーブルにトレイを置くと、薫子は白衣のポケットからタオルハンカチを取り出した。

「そんなので拭いたって汚れは落ちないわよ。クリーニングに出さなきゃいけないわ」

相手は同じ絵画科の岡江《おかえ》だった。彼女とは学年も同じ二年なのだが、入学当初からやけに薫子への当たりが強く、今や一方的に目の敵《かたき》にされている。

友人たちは「学科でも実技でも薫子が常にトップで、岡江さんが二番だから僻《ひが》んでいるのよ」と言う。

さらに決定的だったのは、岡江が好きだったという先輩と薫子が付き合ったことだ。かなりアプローチしていたらしく、当時は散々絡《から》まれた。

その先輩とは、彼の卒業と同時に自然消滅してしまったのだが。

「ああ、ごめんなさい。いつも同じトレーナーとTシャツにジーンズで、洋服を買うお金もなさそうなあなたに、クリーニング代なんて請求できないわね」

岡江は完全に薫子を馬鹿にしきった表情で、腰に両手を当てた。

確かに岡江の服は高そうな生地を使っていた。彼女は服飾系の企業のお嬢様で、いつも服だけではなく小物にもお金をかけている。こういった服はクリーニング代も馬鹿にならないのかもしれない。とはいえ汚れはそれほどひどくないし、払えないほどではないだろう。

「そのくらいのお金なら……。あ、でもこの間スケッチ旅行に出かけちゃって、現金の持ち合わせがないから、そこで下ろしてきてもいいかな？」

薫子はむっとしながらも、食堂の隅にあるＡＴＭを指さした。

「はいはい。スケッチ旅行ねぇ。だから橋本さんは賞が取れたってわけね。私はスケッチ旅行に行ってないから落選したって言いたいのかしら。あなたね、この間学内コンクールで優秀賞取ったからっていい気になってるでしょ？」

「え？　それとこれとどう関係が？」

「あるわよ。今自分で言ったじゃない。『スケッチ旅行に行ったからお金がない』って。それって、『私は絵のためにお金を使ったけど、あなたは違うのね』って言っているのと同じよ！　そうやって浮かれてぼーっとしてるから、人にうどんの汁をかけるまで気づかないのよね」

「えっと……」

話が飛躍しすぎだし、もはや言いがかりではないかと、薫子は返す言葉が見つからなかった。

「何よその顔っ」

呆れているのが表情に出てしまったのか、岡江がさらに詰め寄る。

その時。

すっと黒い影が二人の間に割って入ってきた。

「大丈夫ですか？」

影――黒いタキシードに身を包んだ二十代後半に見える男性が、胸元からハンカチを取り出して薫子に差し出した。

「火傷《やけど》など負われておりませんか？」

男は丁寧《ていねい》な仕草で薫子の汚れた服を拭き始める。

「え？」

一瞬何をされているのかわからず、薫子は呆然と男を見つめた。

ものすごく綺麗な顔の男性だ。背も高いし、もちろんスタイルだっていい。

横に分けた長めの前髪が白い額にさらりと落ちているのも素敵だし、眉もすっと描いたように整っている。

目はやや細めだが、くっきりとした二重《ふたえ》が知的な輝きを放っていた。

突然の事態に対応できなかったのか、岡江も男を見つめたまま、戸惑った様子で固まっている。

学食に居合わせた他の学生たちからもざわめきが起こっていた。

「ああ、やはりハンカチだけでは無理そうですね」

男はそう言って周囲を見回し、岡江に目を留めた。

「そこのあなた。厨房《ちゅうぼう》から布巾《ふきん》を借りてきて下さいませんか」

急な指名を受けた岡江は、ぎょっとしたように口ごもる。

「なっ、なんで私が……」

その反応に、男は不可解なことを聞いたとでも言うように眉を上げた。

「状況を鑑《かんが》みるに、あなたの方からこちらの方《かた》に衝突なさったと思うのですが……。ご自分からぶつかっておきながらクリーニング代を要求する……、あなたは当たり屋か何かですか？」

男は端整だけれどもどこか冷たく見える顔に冷笑を浮かべて、岡江を見つめる。

「な、なんなのよっ、失礼なっ！　だいたいあなた誰よっ！　タキシードなんて着てどっかの新郎？」

怒りで顔を真っ赤に染めて岡江が怒鳴った。

それは薫子も聞きたかったので、思わず頷《うなず》いて二人を交互に見る。

「私は新郎ではございません。ここにいらっしゃる、橋本薫子様の執事でございます」

きっぱりと宣言した男は、薫子に向き直ると恭《うやうや》しくお辞儀した。

「はっ？　執事!?」

裏返った声を放ったのは岡江か薫子か。

食堂内が一瞬シーンと静まり返る。

「何この人？　ふざけてるの？」

岡江が男を指さすが、彼は岡江を無視して、薫子の手を取った。

「お嬢様、急で申し訳ございませんが、お迎えに上がりました。今すぐ私と一緒に――」

「え、ちょっと待って……。私の執事って何それ」

無視された岡江の顔が引きつり、食堂に居合わせた人々の視線が薫子に集中する。視線が痛い。

見知らぬ男がいきなり現れ、自分の執事だと名乗る状況に薫子は動転した。しかも食堂中の注目を浴びている。

「わ、わかりましたから手を離して、それとちゃんと説明を……。あ、いや……。ちょっと別の場所へ……」

とにかくこの場を離れたいと思った薫子は掴《つか》まれた手を引いて、男を食堂から連れ出そうとしたが、男の身体はびくともしない。それどころか逆に引き寄せられ、ついには身体を抱え上げられてしまった。

それも荷物のように肩に担《かつ》ぎ上げられる。

「きゃっ！　や、やめてっ！」

「失礼いたします。説明する時間が惜しいもので……」

「何、何っ、ちょっと――！」

薫子の悲鳴が食堂に響き渡ったが、すぐ側にいる岡江も他の学生も、食堂を出て行く二人を——正確には一人と担《かつ》ぎ上げられた薫子を——唖然《あぜん》として見送るだけだった。

二

何がなんだかわからない。

今の薫子の心境を表すとその一言に尽きる。

あまりの事態に、これが現実なのかさえわからない。

それにしても気まずいし、空気が重かった。

薫子はリムジンを黙々と運転する〝自称〟執事を後部座席からそっと窺《うかが》う。

食堂を出ると、男は大学の駐車場にまっすぐ向かい、そこに駐《と》められていたリムジンに薫子を放り込んだ。

そこで突拍子もないことを言い出したのだ。

曰《いわ》く、自分はあなたの大叔父に仕える執事である。あなたの大叔父様の余命が幾許《いくばく》もないため、すぐに会っていただきたい。彼にはあなたの他にほとんど血縁がいないため、あなたに養女になってもらい、跡を継いでほしいと言っているとのこと。

それも、子供の頃の薫子と大叔父様が一緒に写っている写真を見せながら。

その後、各種戸籍謄本《こせきとうほん》やら身分証明やらの書類まで見せられて、信じざるを得なかったのだが……車を発進させてからは説明どころか、一転して会話もない。

男は息すらしていないのではないかという静かさでハンドルを握り続けている。

――大叔父様があと少ししか生きられないなんて……

だからこそ薫子は大人しく車に乗っている。なんといっても、たった一人の肉親だ。

まだ生きているだろうか？　どこにいるのだろうか？

母に遠慮して、お屋敷の場所や大叔父様の名前は一切聞かなかったが、心のどこかでは、いつも気にかけていたように思う。

その大叔父様の余命がどうのと言われると、心配でならない。

しかし……。彼が語った大叔父様の話は本当なのだろうか？

この男は本当に大叔父様の執事なの？　確かに大叔父様は、お屋敷で執事やメイドらしき使用人に囲まれていたような記憶もあるけれど……

私……。ひょっとして拉致《らち》られた？

見せられた写真も書類も本物っぽかったけれど、どちらも偽造が可能だ。

混乱していた頭が冷えてきたのか、薫子は今になって疑いと不安に慄《おのの》いた。

半《なか》ば強引に車に連れ込まれたけれど、今思えばもっと抵抗できたはずだ。

もし何かの事件や犯罪に巻き込まれたのだとしたら……

そうだ警察！

薫子は白衣のポケットに携帯と財布を入れていたことをようやく思い出し、そろそろと手を伸ばす。

そのとたん――

「警察に電話ですか？」

いきなり男が口を開いた。まっすぐ前を見て運転していたはずなのに、どうしてわかったのだろうか。背中に目でもあるんじゃないかと薫子は固まってしまう。

「そうしていただいても構いませんが、警察は取り合わないでしょう。あなた――お嬢様と我が主《あるじ》、東三条兼須衛《ひがしさんじょうかねすえ》様の間に血縁があるのは間違いございませんし、そうでなくとも旦那様は各方面に顔の利くお方ですから」

低く、耳に心地のよい声だった。

学食に現れた時は、執事服に目を奪われ、声などまともに聞いていなかった。

けれどこうして改めて執事を観察してみると、外見だけならいいところばかりだと気づいた。

声もよければ姿勢もいい。ぴんと伸びた背筋は、執事ならではのものだろうか。

食堂に現れた時、普通の格好をしていたら。そして、薫子様なんて呼ばれてお辞儀などされなければ、きっと一目惚れしていただろう。

――いやいや、今はそんなことを考えている場合じゃなくて……

薫子はぶんぶんと頭を振りかけて、はっと目を見開いた。

「えっ……。東三条って……、あの東三条？」

「……『あの東三条』とは、どういう意味でおっしゃられているのでしょうか？」

そう返した執事は大げさなため息を一つつくと、リムジンを路肩に停めた。

ここは高級住宅街の閑静な道路だ。一般的な乗用車より大きなリムジンが駐車しても道幅に余裕がある。

運転席から降りた執事は、後部座席の扉を開けて薫子の真横に座った。そしてぐいっと身を乗り出すようにして顔を近づけ、薫子に問いかける。

「どの東三条だとお思いなんですか？」

「ええっと……。あの東三条……」

近い。近い。顔が近い。

綺麗な顔が真近に迫り、薫子は動揺してのけぞった。

「ですからどの？」

執事の眉毛がぴくりと跳ね上がり、意地悪そうに口角が上がる。

「あの……。その前に、顔が近いです執事さん」

きっと赤くなっているだろう顔をごまかしたくてそう言うと、彼の眉毛がまたぴくりと動く。

「お嬢様。私は確かに執事ですが、それはあくまで役職であり、それが名前というわけではございません」

「あ、ははは。そうですよね」

緊張と恥ずかしさで引きつった笑いを浮かべながら、薫子はそっと彼から距離を取った。広いリムジンだからこそできた動きだ。

「すみません、えっと……。何さんでしたっけ？」

この執事のことだ。どこかできちんと名乗っていたはず。

これでは岡江にぼーっとしていると言われるわけだと、恥ずかしくなって、薫子は思わずうつむいた。

「これは……私としたことが申し訳ございません。まだ名乗っておりませんでしたか……」

失敗したというように唇を噛む執事。

何が悔しいんだろう？　というか色々な書類を見せてあれだけ説明しまくっていたのに、自分の名前を名乗るのを忘れていた？

意外すぎる事実に、薫子はぽかんとしてしまう。

「申し遅れましたが、私は東三条家にお仕えする、萱野俊義《かやのとしよし》と申します。どうぞ萱野とお呼びください」

「えっと、萱野さん……」

聞き返した薫子の顔を見つめ、萱野は残念そうな雰囲気で軽く頭を横に振る。

「萱野で結構。あなたは私がお仕えする東三条のお嬢様なのですから、使用人に対して敬称は不要です。萱野と呼び捨てになさいませ」

薫子のことをお嬢様だと言いながら、萱野の口ぶりはどこか上から目線だ。

慇懃無礼《いんぎんぶれい》を絵に描いたような態度に、薫子はなんだかそわそわしてくる。

萱野が超がつくほど綺麗な顔をしているのもいけない。さらに、狭い空間に二人きりという状況が、彼女を落ちつかない気分にさせていた。

そういえば、なんで二人きりなんだろう？　執事がいるような家なのに、運転手はいないんだろうか？

それにこの人、たぶん昔はいなかった……。って、あれから何年も経っているんだから、新しい人がいるのは当たり前か……

「あのう、執事の仕事って運転も含まれているんですか？　私の中で執事って、そういうことをしているイメージがなくて……それに、いつから執事をされているんですか？」

ふと湧いた疑問を薫子がそのまま口に出すと、萱野はやや眉を顰《ひそ》めた。

「運転は本来、私の仕事に含まれておりません。今回は旦那様が人を挟まずにとおっしゃられましたので……。正式な手順を踏むなら、お嬢様をお連れするのは私でも運転手でもなく弁護士の仕事です。ちなみに私が東三条家に正式にお仕えした時期は大学卒業後ですから、三年前からですね」

「三年前ですか……。えっと、さっきから東三条っておっしゃってますが、東三条ってあの東三条ですよね」

つい、その話を蒸し返してしまうと、萱野は呆れたような視線を向けてきた。

「何度もお聞きしておりますが、『あの』とは？」

「はい。そのですね……。銀行とか鉄道とかホテルなんかを経営している、えーっと、有名な東三条グループですよね。あ、そうだ。美術館。美術館もありますよね。あの美術館好きなんです。常設展示はもちろん、季節ごとの展示がいつも……」

「そこまでおわかりなら、結構」

萱野は薫子の話を途中でばっさりと断ち切った。

「あ、はい……」

この人、なんだかやりにくい……

薫子はしゅんと項垂《うなだ》れる。

「とにかくお嬢様は、その東三条グループの総帥の血縁者であられるのです。それはおわかりですね？　戸籍謄本などの書類をお嬢様ご自身の目でご覧になり、納得していただいたからこそ、こうして車に乗っておられるのでは？　ひょっとして、ご理解せずに車に乗られたのですか？　それで今になって警察に電話をなさろうと？」

矢継《やつ》ぎ早《ばや》に言われて、薫子はしどろもどろになった。

「ええっと……。その、いやあの、だって……」

「だって、なんですか？」

その意地の悪い聞き方に、薫子はだんだん腹が立ってきた。いや、だんだんじゃない。きっと最初からだ。

お嬢様と言いながら人を勝手に担《かつ》ぎ上げたり放り投げたり、小馬鹿にした笑い方をしたりして……

「だから……！　ええっと、いきなり現れて執事だお嬢様だって言われて、はいそうですかってすぐに納得できますか？　普通は事前に電話の一本でも寄越すとか、色々方法があるでしょう？　それに大叔父様のことだって、最後に会ったのは子供の頃よ。確かに昔はよくお屋敷に遊びに行って、大叔父様にかわいがってもらった記憶があるけれど……。あんまり昔のことなので夢だったのかなぁ、みたいな……」

うつむいたまま、薫子は一気にまくしたてた。興奮して声が上ずる。

萱野は小さくため息をつき、薫子の顔を覗《のぞ》き込んだ。

「今、お嬢様がおっしゃった『大叔父様』こそ、東三条家四代目当主にして東三条グループ総帥の兼須衛様です。お嬢様は兼須衛様の姉の孫であり、妹の孫にも当たる方なのですよ」

「んん？　意味がわからない。姉の孫で妹の孫？」

うつむいていた顔を上げ、薫子は首を傾げた。

「旦那様の姉君は嫁ぎ先で男児をもうけられました。同様に妹君は嫁ぎ先で女児を授《さず》かり、その男女がいとこ同士で結婚なさった。それがお嬢様のご両親です。さらにわかりやすく申しますと、お嬢様は先代様の曾孫《ひまご》ということになりますね」

萱野の口調は、理解の悪い生徒に説明するようなものに変化していた。

「あー。なるほど」

「その後お父上はご病気で亡くなられ、母君は再婚なさった。それも東三条家が反対されていたお相手です。どういう理由での反対なのか私は推測しかできませんし、不確実なことですので、あえてここでは申し上げませんが、駆け落ち同然で一緒になられたと……」

「あー。なるほど」

先程と同じ反応に、萱野が微妙な顔をした。

「えーと、理解しました。それで、今回呼ばれたのは大叔父様の血縁が、私以外ほとんどいないから、私を正式な養女にして、東三条の家を継がせたいってお話でしたっけ？」

「その通りです」

萱野はやれやれ、といった様子で首を振った。

「ご理解いただけたようで何よりです。では……」

会釈《えしゃく》し、萱野は後部座席のドアに手をかけた。

「待って！」

「なんでしょう？」

「大叔父様の血縁の話だけれど……。確か男の子がお屋敷にいましたよね？　記憶があやふやだけれど、母も大叔父様には私と年の近い孫がいるって教えてくれたような……。なんで彼が跡を継がないの？　まさか……彼……」

そう、いるはずなのだ。男の子が。

――一緒に遊んだ初恋の彼「とっくん」が。

今から思えばずいぶんと生意気で上から目線な男の子だった。だから彼、とっくんがお屋敷のお坊ちゃまだと思っていたのだけれど……

「はい。お坊ちゃまはいらっしゃいました。しかし彼は……。兼人《かねと》様は……」

かねと……

薫子は心の中で名前を確認する。「かねと」だから私は「とっくん」と呼んだのだろうか？

それにしても萱野の歯切れが悪い。もしかして彼は、亡くなってしまったのだろうか？

薫子は言葉の続きを待った。

「……数年前に家出をなさって、行方不明でございます。今回の件で、周囲の者がお探しするように申し上げましたが、旦那様は構わぬと……。死んだものとして扱うようにとの仰《おお》せです」

「えっ！」

とっくんが家出？　行方不明？

兼須衛ととっくんの間に何があったのか想像もつかない。けれど、なんだか妙な緊張を覚えて薫子は額に汗を浮かべた。

それに気づいた萱野がハンカチを取り出し、そっと薫子の汗を拭《ぬぐ》う。

「ちょ、あの……」

いきなり額に触れられて薫子は焦《あせ》る。上から目線の慇懃《いんぎん》無礼《ぶれい》な男とはいえ、相手は超がつくほどのイケメンなのだ。そんなことをされると、今度は違う種類の汗が出てきてしまいそうだ。

妙に心臓がドキドキして頬が火照《ほて》ってきた。

これはきっと執事の仕事。私を気遣ったわけじゃない。

薫子は自分に言い聞かせ、なんとか鼓動を鎮《しず》める。

「ええっと、あの、でも……。私の知っている大叔父様はなんというかとっても優しくって、とっくんが家出したから怒っているとか、探さないとか死んだものとして扱えとか、そんな風に言うとは思えないんだけど……」

「とっくん？」

一瞬、萱野が目を見開いた。

「え？　孫ってとっくんのことでしょう？」

「兼人なのに『とっくん』なのですか？」

聞き返す萱野の目が眇《すが》められる。

「えっと、『かねと』の『と』を取って、『とっくん』なのかなって。よく一緒に遊んでたはずだけれど、あんまり覚えていなくて……ってそれは今はいいでしょう。とにかく大叔父様は、そんな冷たい人じゃない」

そう答えると、萱野は何故か悲しげな表情になった。しかし、それは瞬《また》きのうちに消え、次に目を開いた時には、萱野は微《かす》かに口元を綻《ほころ》ばせていた。例の人を小馬鹿にした微笑《ほほえ》みだ。実際は違うのかもしれないが、今の薫子にはそうとしか見えない。

「あまり覚えていないとおっしゃる割にはずいぶんはっきりと申されますね。人は変わるものですよ。よくも悪くも……」

「何が言いたいんですか！」

気づくと薫子は怒鳴っていた。

確かに人は変わるだろう。けれどどんなことがあっても、持って生まれたものまでは変わらないのではないか。薫子は、あの頃の兼須衛の優しさは本物であると信じていた。

「とにかく」

萱野は薫子の怒鳴り声など全く耳に入っていないような顔をして、言葉を続ける。

「兼人様の代わりに……、と申しますと語弊《ごへい》がございますが、それでお嬢様をお探ししたのです。お嬢様の母君の再婚で縁を切った形になってしまったけれど、お嬢様とまで縁を切ったつもりはないと。元々兼人様に代わる跡継ぎを探すお心積もりではあったようですし。今回のことで旦那様も弱気になられて身内が恋しくなったということなのでしょう」

萱野の言い方に棘《とげ》を感じて、薫子はムカムカしてきた。

自分だけならともかく、兼須衛のことまで馬鹿にされたように感じたのだ。兼須衛の執事と言いながら、ちっとも彼を理解していないではないか。

「そ、その言い方はどうなんですか？　余命が少なくなったから、私に会おうとしているなんて、今までは縁を切った人間なんてどうでもいいと思っていたみたいに聞こえるじゃないのっ。大叔父様は本当に優しくて……。私のこともきちんと見ていてくれて……」

自分がだんだん涙声になっているのに薫子は気づいた。けれど敬愛する身内をけなされて、冷静になんてしゃべれない。

兼須衛が身近な人物に誤解されていることが、なんだか悔しくて悲しい。

「全く……」

呆れたような声とともに、萱野の手が薫子の頬に伸びてきた。

その手にはさっきのハンカチが握られたままだ。今度は知らずに流した涙を拭われたのだと理解するまでに数秒かかった。

この人……。優しいところもあるのかな？

他人に涙を拭われるのは気恥ずかしかったけれど、悪くはないなと薫子は目を閉じた。……のだが。

「あなたは本当におめでたい方だ……」

「なっ！」

ちょっとでも優しい人だなんて思った私が馬鹿だった！

「な、おめでたいって……。だいたいね、あなた執事なんでしょ？　私はお嬢様なわけでしょ？　なのに何よっ！」

怒りに震えた薫子が声を荒らげると、萱野はふっと鼻で笑った。

「確かにあなたは東三条のお嬢様。しかし、中身が伴《ともな》っていないようでしたので、つい……。いえ、申し訳ございません。たとえそうでも、執事としてあるまじき態度でした」

「なっ、なっ、なっ……」

あまりにも腹が立ちすぎて、言葉が出てこなかった。

こんな男の前で泣いてしまうのは悔しくて、ぐっと歯を噛みしめると、弾《はず》みで目尻から熱いものが伝い落ちる。

「……泣かれるほど悔しいのでしたら、本物のお嬢様になることですね」

萱野はまた薫子の涙を拭った。

優しくて丁寧《ていねい》で、壊れ物を扱うような手つきに薫子は混乱する。

意地悪なのか優しいのかわからない……

「それにしても……」

ふっと短く息を吐き、萱野は眉を顰《ひそ》めた。

「匂います……」

「？」

続けて言われた言葉に薫子も眉を顰める。

「失礼」

萱野は自分の鼻を覆《おお》うようにして後部座席から出て行く。

「はっ？　何？　匂うって……。今度はそういうことを言って私を馬鹿にするの？」

「いえ、とんでもありません。と言いますか、お嬢様ご自身では気づかれない？」

気づくって何を？　と思いながら、薫子は学食から着たままになっている白衣の袖や襟《えり》の匂いを嗅ぎ……

「あー」

確かに臭かった。

「うどん……」

学食で被ったうどんの汁の匂いが全身にこびりついていた。

「ええ。うどんです」

運転席に戻った萱野が忌々《いまいま》しげに呟《つぶや》いた。

「早くお屋敷に戻ってその匂いをなんとかしなければ……」

そう続けて言い、萱野はまたリムジンの運転に戻った。

三

懐かしい……

屋敷についたとたん、薫子は思わず泣きそうになった。

母に遠慮して半《なか》ば無理矢理封じ込んできた記憶が、屋敷の門を潜《くぐ》った瞬間に溢《あふ》れ出してくる。

しかし、懐かしさに浸《ひた》っている余裕はなかった。

玄関で出迎えてくれた使用人の中には昔馴染《なじ》みも数人いて、薫子の帰還をとても喜んでくれたが、昔話をする間もなく、早く風呂へ入れと萱野に急《せ》き立てられたからだ。

複数あるバスルームのうち一番近い所に入れられ、出てきた時には着替えらしきものが一式用意されていた。

これに着替えて大叔父様に会えってこと？

薫子は困惑した。

そこに置かれていたのは、いわゆるゴスロリ……いや、クラロリと呼ばれるジャンルに近い服装だったのだ。

他に着るものもないので仕方なく身につけて廊下に出ると、待ち構えていた萱野が、ご案内しますと言いながら薫子を先導した。

その速度があまりに速くて、薫子はつい小走りになる。

「廊下は走ってはいけないと学校で教わりませんでしたか？」

すると前から萱野の嫌味な台詞《せりふ》が聞こえ、薫子はむっとして立ち止まった。

「だって、スカートなんて慣れてないし、あなた……、萱……野の足が速いから……」

呼び捨てにしろと言われたのを思い出し、薫子は途中で詰まりながらもそう訴えた。

「そういえばお会いした時は、トレーナーにジーンズでしたね。白衣にもあちこち絵の具をつけて。まさか普段もあのような格好を？」

わずかに足を緩《ゆる》めつつ、萱野は聞いてきた。

「そうだけど？　絵を描くのにスカートってなんか邪魔だし。イーゼルに引っかかったり倒したりするし……。でも、白衣は絵を描いている時だけ着てるんだけど……」

そう答えると、萱野は何も答えずに、肩を軽く竦《すく》めた。

あっ。あの感じは絶対私のこと馬鹿にしてる。うん、そういう背中……

「何か言いたそうだけど？　スカートでまともに歩けないなんて、お嬢様失格だとか……」

「わかっていらっしゃるじゃありませんか。でしたら私からは何も申し上げることはございません」

振り返りもせず言う態度が憎たらしい。

「あな……、萱野こそいつもその格好なの？　まさかタキシードで大学まで来るなんて……。何かのコスプレかと思ったわよ。というか、今は私の格好までコスプレみたいになってるんですけどっ！」

ぷりぷりと頬を膨《ふく》らませて言ってやると、ようやく萱野はちらりとこちらを振り返った。

「急いでおりましたもので、着替える時間が惜しかったのです。先にご説明したというのに、車の中で再度お話ししなければならなくなり、今もお嬢様のお着替えに時間を要し……。あと五分しかありません」

萱野はもう前を向いている。

「これ以上旦那様をお待たせするわけには参りません」

「そう言われても……」

足がもつれて薫子は立ち止まってしまった。

「文句なら後でいくらでも聞きますから、走らずに、でも速く歩いてください」

気配で薫子が止まったのを感じたのだろう。萱野はそう告げると、また歩く速度を速めた。

「待って！　待ってってたらっ」

走らずに早くって競歩？　競歩なの？

競歩しろっていうのならしてやろうじゃないのっ。

文句は後で聞くと言った萱野の言葉を信じたのもあったけれど、何よりなんだか負けたくないという気持ちが湧いてきて、薫子は勢いよく足を踏み出した。

＊＊＊

「薫子か……」

そう、弱々しい声で言った兼須衛は、薫子の記憶よりもずっと老け込んでいた。その姿に薫子は思わず涙ぐむ。

あの頃から十三年以上経っているのだ、老けていて当然だし、薫子だって兼須衛の知っている幼い子供ではない。

しかし、薫子が涙ぐんだ理由は、兼須衛の外見が老けていたからではない。彼が鼻に酸素のチューブをつけていたからだ。

薫子の記憶にあるように、窓際に置かれた大きな椅子に座り、午後の――いや、もう夕方になっていたけれど――日差しを浴びて、お気に入りの本を読んでいる。

その姿は全く変わっていなかったし、元気そうに見えた。しかし、鼻から出ている透明なチューブが見た目通りに健康ではないと薫子に告げているようで、彼女の胸は締めつけられた。

余命幾許《いくばく》もない……

萱野はそう言っていた。だからこそ薫子が呼ばれたわけだが、どうにかならないのかと、薫子はますます涙ぐみつつ兼須衛を見つめた。

「大きくなったな。何年ぶりだろう？　美大に行って、今でも絵を描いているとか……」

「は、はい」

泣きたい気持ちを堪《こら》えて、薫子は精一杯微笑《ほほえ》んだ。

「賞も取ったんだってね。誇りに思うよ。よければその絵を玄関ホールに飾らせてくれないか」

「いえ、あの、美大生限定のコンテストだったので大したことはないんです。飾るだなんて、とんでもない」

屋敷の玄関ホールに大家《たいか》の作品がかかっていたのを思い出し、薫子は焦る。

「いや、私は薫子の描く絵が大好きだからね。昔のようにたくさん描いて見せておくれ」

兼須衛の言葉にこくりと頷《うなず》くことしかできずにいると、彼は薫子に、側に来るよう手招いた。

子供の頃はそうやって呼ばれると、そのまま胸に飛び込んで抱きついたのだが、今はもうできない。

どうしたものかと躊躇《ためら》っていると、戸口の近くで控えていた萱野の小さな咳払いが聞こえた。

それに背中を押されて兼須衛の前まで進むと、兼須衛に両手をしっかり握られた。

「済まなかったね。長い間放っておいて。もっと早く探していれば、一年も寂しい思いをさせなくて済んだのに……。亡くなったのだろう？　あれとあれの連れ合いは」

あれとあれの連れ合いとは、母と義父を指す言葉だろう。

「便りがないのはいい知らせと思って、探す努力を怠《おこた》った私を赦《ゆる》しておくれ」

「赦すも何も……」

泣いては駄目だと思うのに、堪《こら》えていたものが込み上げてくる。

涙を拭きたかったけれど、両手は兼須衛にしっかりと握られていて自由にならない。

「涼子《りょうこ》も頑固でね。『再婚に反対するならそれでいい。二度とここには顔を出さないし、連絡も取らない』と言い張ったんだ」

兼須衛は今度はきちんと薫子の母の名前を言って、懐かしむように目を細めた。

「再婚相手は教師だったから、東三条の家にふさわしくないと……当時まだ存命だった私の父が、とにかく反対していた。私は……こう言ってはなんだが、再婚なら父が亡くなってからすればいいと言って、真剣に涼子の相談に乗らなかったし、父を説得することもしなかった。あの時もっと涼子の話を聞いてやっていればと、今は後悔しているよ」

兼須衛の言う父とは、薫子にとっては曾祖父《そうそふ》に当たる人物だ。

そういえば、「あなたのひいお爺《じい》様は、もうお年なのでここにはいないの。伊豆の別荘にいらっしゃるのよ」と母が言っていたのを思い出した。

この屋敷に来たからだろう。少しずつだが子供の頃の記憶が甦《よみがえ》り始めていた。

「後悔だなんて……。だいたい、反対していたのは、大叔父様じゃなくてその、ひいお爺様だったんでしょう？　それに私、この屋敷に来れないことは寂しかったけれど、義父と母のおかげで幸せでしたから……。もちろん、今だってそうですよ！　それに後悔と言うなら母も……。大叔父様に連絡を取ればよかったって書き遺《のこ》していました。だから私も、できれば大叔父様に連絡したいって思っていたんです」

連絡できなかったのは、兼須衛の名前や屋敷の場所を忘れてしまっていたからだ……とはさすがに言えなかった。

「ああ。薫子が幸せだったのは、今のお前を見ればわかるよ」

満面の笑みを浮かべる兼須衛。だが、すぐに顔を曇らせてため息をついた。

「兼人も幸せだといいのだがね……」

「あっ……」

つられて、薫子の顔も曇ってしまう。

「あの……。なんで……」

「ん？」

「なんで兼人さんを探さないんですか？　兼人さんが帰ってくれば、わざわざ私を養女にしなくても……」

萱野に話を聞いてからずっと疑問に思っていたことを、つい薫子は言ってしまった。

「薫子を養女にするのは、兼人がいてもいなくても同じだよ。今のお前には両親がいないのだから、私が親代わりになろうと思うのは当然だろう？　それに兼人は……、いや、それより薫子は、もう私の娘も同然。できれば早く婿《むこ》でも取って、この家で幸せになってほしい。今からお前の花嫁姿が楽しみだ」

兼須衛は切実な瞳を薫子に向けていた。

しかし、いきなり娘だ婿だ跡を継げなどと言われても、現実感が伴わず、薫子はどう反応していいのかわからなかった。

兼人の話が途中になってしまったのも気になる。

ただ、兼須衛に自分の花嫁姿は見せてあげたい。母のように後悔はしたくないと思った。

一見元気そうに見えるけれど、本当はいつ容態が悪くなってもおかしくないのだろう。

こうして「元気」で話せるうちに、できれば花嫁姿を見せてあげたい。

たった一人の肉親である、大好きな大叔父様に……

けれど、尻込みしたくなるのも事実だ。理性と感情がまだ一つにまとまっていない。心から「大叔父様の娘になって婿を取ります」とは、まだ言えない気分だ。

そういうことをあれこれ考えているうちに、ぐっと胸が詰まり、薫子は兼須衛をまともに見ていられなくなった。

その時ジリジリリッと、古風なベルの音がした。

何の音だろう？

びっくりして音の出処《でどころ》を探ると、萱野が音同様に古めかしい目覚まし時計を止めながら、兼須衛に頷《うなず》くように頭を下げていた。

「ちょうど四時二十三分か……。萱野は優秀だ。きちんと時間に間に合うように薫子を連れてきてくれた」

「え？」

ひどく中途半端な時間を聞かされ、薫子はなんの意味があるのかと、目を瞬《またた》かせる。

「薫子、これをお前に……」

そんな薫子の首に、兼須衛は懐《ふところ》から取り出した金のチェーンをかける。そのペンダントトップは青く輝いていた。

「昔ほしがっていただろう？　私のネクタイピンを見て、お空の青だと……。こんな綺麗な色の宝石がほしいと」

「あ……。私そんなことを？」

壊れ物を扱うように、薫子はそっとそのペンダントトップを摘《つま》んだ。とても深い青だ。その色を見ているうちに、忘れていた思い出の一つが甦る。

キラキラした青に目を奪われ、ほしいとねだったら、「子供が身につけるにはまだ早い。大人になったら……、成人したらあげよう」と言われたのを。

成人っていくつ？　と聞いた薫子に、兼須衛は二十歳だと返した。そうして、大人になったその時にこれと同じものをプレゼントするよと微笑《ほほえ》んだのだ。

「ロイヤルブルーサファイアだ。気に入ってくれればいいのだが」

気に入るも何もない。兼須衛が子供の他愛《たわい》ないおねだりを覚えていてくれた。もうそれだけで嬉しい。

「薫子、誕生日おめでとう。お前が生まれた時間に渡せてよかった」

「え、ええっ⁉」

今日が自分の誕生日だなんて、すっかり忘れていた。ましてや生まれた時間なんて、気にしたこともない。

「おや？　そんなに驚くなんて……。まさか自分の誕生日を忘れていたのかい」

「あ、あの……」

義父と母が亡くなってから、悲しみを忘れるために、大学へ行って絵を描くことだけを考えていた。そのせいだろう。薫子の時間はいつの間にか止まってしまっていたのだ。

「二十歳の誕生日おめでとう」

兼須衛のその言葉を聞いて、薫子の頬を涙が一筋伝った。

涙はロイヤルブルーサファイアの青い光の上に落ちて、輝きを増す。

「ありがとうございます」

――もう迷わない。私は大叔父様の娘になって、婿《むこ》を迎えよう。

薫子は微笑み、涙で霞《かす》む兼須衛の顔を見つめ続けた。

＊＊＊

「それでは、ここにサインを……。あとはこの書類を提出するだけです。これでお嬢様は、橋本から東三条になります。いずれは婿を取って跡を継ぐということになると思いますが、本当によろしいのですね？」

そう説明するのは、瀬谷《せや》という名の兼須衛の弁護士だ。

瀬谷が養子縁組届の最終確認をしつつ、薫子を気遣う。

いくつかある応接室の一つ。テーブルの上には、ファイルケースに収めた書類と、コーヒーカップが二人分置かれている。

なお、それを持って来た萱野は、もうこの部屋にはいない。

カップの隣には、兼須衛にもらったばかりのブルーサファイアのペンダントを収めた小箱。その蓋《ふた》は開いている。

身につけておくより、今は手元で眺《なが》めていたい気分だったのだ。もちろん、慣れないことをして失くしたら大変という気持ちもあったのだが。

「東三条になるのは全く気になりません。婿《むこ》を取って跡を継ぐというのも……。その……私はまだ学生ですので、今すぐに、というわけにはいきませんけど」

「それはもちろんです。しかしこれで会長も本当にご安心なさるでしょう。薫子さんにとっては急なことで驚かれたと思いますが」

「急って、萱野さんもかなり急いでいるようでしたし……。まさか、大叔父様の容態に関係が？」

最悪の事態を予想して、胸を痛めながら聞くと、瀬谷は首を横に振った。

「いえ、違いますよ。退院直後ですので、まだ鼻のチューブをされていますが、容態自体は現在とても安定しています。まあ、進行性のものですので、完治なさることはないのですが……」

進行性の病《やまい》……

その言葉は薫子に重くのしかかってきたけれど、現状は安定していることに安心する。

「急と言ったのは、その……、萱野君に強引に連れてこられたようですので」

「ああ！　はい、確かに」

思い出して、薫子は頬を膨《ふく》らませた。

「本当に急だし、強引だったし」

「いやいや、彼は確かに少しやりすぎるところもありますけれど、悪気はないんですよ。どうしても本日のお誕生日にお嬢様をお連れしたかったのでしょう」

「あ……」

薫子の視界の端にブルーの煌《きら》めきが映り込んだ。

「会長は、病気の件に関係なく、お嬢様の二十歳の誕生日にはご本人を招いて贈り物をなさると決めていらっしゃったようで、ずいぶん前からあなたの居所を探されていました」

「えっ！　そうだったんですか!?」

「そんな折に倒れられて……。色々な条件が重なった結果、肝心のお嬢様との接触もままならず……」

瀬谷が薫子を見つめて苦笑した。

「……ひょっとして、私にお電話をしてくださっていたり……？」

「お電話もしましたし、お手紙も一応」

「ごめんなさい。一人暮らしになってから知らない電話番号からの通話には出ないようにして……。でも、留守電を設定していたはずですが……あっ」

その留守番電話はろくに聞かず、折り返しの電話もしていなかったと薫子は思い出す。言われてみれば、確かに何度か弁護士事務所からの電話が入っていたのだが、心当たりがないので何かの詐《さ》欺《ぎ》かと思ったのだ。もちろん手紙もである。

「会長は当日であれば急がなくてもいいとおっしゃったのですが、萱野君がなんとしても誕生のお時間に間に合わせたいと、直接お迎えに上がったのです」

瀬谷はふうっと息を吐き出す。

「私は、本日朝から仕事の関係でこちらにおりましたから、そのまま私がお迎えに行くはずだったのですが、それがなかなか片づきませんで……」

それがどうしたのだろうかと薫子が首を傾げると、瀬谷はまた苦笑して続きを話し始めた。

「他に動ける者がいない以上、もう当日中にプレゼントを渡すことは難しいと会長はお諦めになってしまって。とても寂しそうになさっていたところ、萱野くんが代わりに自分が行くと立候補してくれました。自分も忙しいはずなのに、なんとしても時間に間に合わせますと……。きっと私のためでもあったのでしょうね。まあ、会長はこういうことでお怒りになる方ではございませんが」

あの萱野さん、いや、萱野が大叔父様のためにそこまで？　しかも瀬谷さんが怒られないように？

薫子は萱野の意外な一面を見た気がした。

やっぱり彼には優しいところもあるんだわ……

不意に車の中でそっと涙を拭ってもらった感触が甦《よみがえ》り、薫子の心に温かいものが広がる。

「そんなことがあったんですね。いきなり学食に現れたので驚きました。もちろん大叔父様の話にも驚きましたけど……」

「先日、息苦しいとおっしゃって、緊急入院されました。意識はあったのですが、医師からは、家族を集めたほうがいいと言われ……」

その時のことを思い出したのか、瀬谷の眉が曇った。

「萱野君が、あなたと兼人さんをすぐにでもお呼びするべきだと会長に進言なさいました。彼は本当によく気のつく男です。執事などしていないで東三条グループの本社に入るべきだと周囲は言いますが、こういうことがあると、やはり執事が天職なのかもしれないと思いますね」

「萱野さんが……」

瀬谷の前だからということもあるが、呼び捨てにすることはどうしても難しい。

ここに彼がいたなら、他人の前だからこそ呼び捨てにしろと言われそうだと、薫子はぼんやりと思った。

「ええ。けれど会長は『兼人には知らせなくていい』とおっしゃって」

「それ、どうしてなんですか?」

再会した兼須衛は、昔と変わらず優しかった。人は変わるものだと、萱野は意地悪な言い方をしていたけれど、絶対に何か理由があるはずだと薫子は勢い込んで聞いた。

「ああ、それは……。兼人様はミュージシャンを目指していらして、ここを出て行かれる時も、家を継ぐ気はないときっぱりおっしゃって。書き置きにも、プロになるまで帰らないとありました。兼人様名義の預貯金もいまだに一切手つかずなんですよ。相当のお覚悟があるのだろうと思います。会長も、そんな兼人様の気持ちを尊重なさっているのではないでしょうか。あくまでも私の推測ですが」

「ああ……。やっぱり大叔父様は大叔父様だ……」

薫子は瀬谷の話を聞いてほっとした。

兼須衛は変わってなんかいない。兼人を探さないのも、愛しているからこそそうしたんだ……

「おや？　やっぱりとは？」

「あ、その、気にしないでください。私が勝手にあれこれ悩んでいただけですから」

「そうですか……。ともかく、その、これからは娘として会長を支えていただけると、私も嬉しいです」

「はい……。はい。もちろん」

薫子は、兼須衛のために精一杯頑張ろうと強く心に誓った。

＊＊＊

「なんなのーっ！」

ドアを開けたとたん、薫子は思わず叫んでいた。先ほど瀬谷と別れて、今は子供の頃に泊まっていた部屋へ案内されたところだ。

「なんで私の荷物が全部ここにっ？」

屋敷に連れてこられた後、着替えをしたのはこの部屋だ。その時は子供の頃の記憶と同じ家具調度しかなかったはずなのだが。

部屋には今や、真新しいデスクの上に、普段使っているパソコンや教科書といった日用品の類《たぐい》が並んでいる。その傍らにはイーゼルや画材が置かれ、さらに壁面には大型テレビまで設置されていた。

「これ、これっ、ちょっ……。なに……」

「僭越《せんえつ》ながら、お嬢様のお荷物を先ほどお運びいたしました。今日からこの東三条のお屋敷でお暮らしになると伺《うかが》っておりますので」

戸口で唖然《あぜん》としていると、背後から声がした。振り返るまでもなく萱野だとわかる。

それにしても、彼は今、なんて言った？

「どういうこと？」

薫子は怖い顔をして振り返った。

「今申し上げた通りですが？」

瀬谷との会話で萱野を見直し始めていたけれど、やっぱり本性は意地悪なのではと薫子はむっとする。

「だからなんでそうなるんですかっ」

「おわかりになりませんか？」

萱野は大げさに首を振った。

「わからないから聞いてるのっ」

「あなたは今日から東三条家の人間なのですよ。まさか元の家に戻って暮らされるおつもりで？」

「そ、それは……」

薫子は言葉を濁《にご》した。

確かに萱野の言うこともわかる。橋本薫子ではなく東三条薫子になったのだ。家族が別々の家で暮らすのも変だし、何より兼須衛の側にいてあげたい。そのためにはこの屋敷で暮らすしかないだろう。

「で、でも、いきなりすぎます。だいたい他の荷物だって……」

――まさか。

薫子は部屋の中に駆け込み、クローゼットや、備えつけのヴィクトリア朝のチェストの抽斗《ひきだし》を片っ端《ぱし》から開けてみた。

「え？　何？」

そこには真新しい洋服や下着が入っていたが、予想を裏切って、薫子が普段身につけていたものは何一つなかった。

「これはどういうこと？　なんで？」

唖然《あぜん》として突っ立っていると、また背後から萱野の声がかかる。

「今までの衣料品は必要ないかと思いまして、こちらに持ち込んでおりません。パソコンや画材など、使い慣れた物の方がいいと私どもが判断したものだけこちらに運ばせていただきました。画集の類《たぐい》は図書室に移しております。それから……」

と、萱野は他の家具と同じデザインの写真立てを二つ、薫子に差し出した。

「あ、ママとパパの写真……」

引ったくるようにして萱野の手から受け取り、薫子はその場に座り込む。

二つの写真立てのうちの一つには実の父。もう一つには母と義父が収まっている。

この二つさえあれば、洋服や下着なんてなくてもいい。薫子はほっと一安心して、萱野を見つめた。

「ありがとう。持ってきてくれて」

「いえ。仕事ですから。ご仏壇やお位牌《いはい》は見当たりませんでしたので、お写真だけになります。ご入用でしたら今から発注いたしますが」

「いらない。元々なかったし」

両親達の写真を、薫子はさっそく新しいデスクの上に飾った。三人に「今日から新しい生活を始めます」と心の中で語りかけ……

ちょっと待って私、和《なご》んでいる場合じゃないでしょう。だいたい、服はともかく、し、下着まで用意するって……

恥ずかしさから来る怒りで、薫子の顔は真っ赤になった。

「あのねっ！」

事前に一言もなく、人の家で勝手なことをしないでほしい。

そこははっきり主張しておかなければと勢い込んで振り返ったが、肝心の萱野はもういなかった。

「な、なんなの全く……」

廊下へ出て萱野の姿を探すが、すでに影も形もない。もっとも薫子の部屋は、凸の字型に建てられた屋敷の中央にあるので、途中でどこかの部屋にでも入ったのかもしれなかった。

「逃げ足速すぎっ。だいたい新しい下着を買うにしたって、私のサイズ知ってるわけ？　適当に買ってきたって合わないんだから！」

苛々《いらいら》しながら部屋に戻り、改めて用意された服や下着を見る。

悔しいことにサイズはぴたりと合っているし、色や形や素材までもが薫子の好みだ。

「なんでサイズが合ってるの？　もうっ、どこで調べたのよっ」

そう口を尖《とが》らせたとたん、不意に不安が襲いかかってきた。

私、本当にここで暮らすんだ……

子供の頃は夏休みや冬休みなどの長い休みを屋敷で過ごしていた。だから全く知らない場所というわけではない。

使用人も、ほとんどに見覚えがある気がしたので、不安になる要素はないはずだ。

「ああ……。そうか……」

これは不安というより寂しさなんだ。

部屋を見回して、薫子は妙に納得した。

両親が亡くなってからずっと一人暮らしだったけれど、あの家には色々な思い出が詰まっていたので、あまり寂しさを感じずに済んだのだ。

しかし、この屋敷には何もない。

ここにある思い出は……

「確かとっくんが……」

いつも絵を描いていた薫子を真似《まね》たのだろう、とっくんがクローゼット横の壁に青いクレヨンを塗りたくったのだ。

その場所を探そうとしたが見つからない。

「どこだったかな」

身長が伸びたから気づけないんだろうか？

周囲を見回して、薫子ははっとなる。

幼い頃、作りつけの家具にうっかりつけてしまった小さな傷が綺麗に修復されている。床やカーテン、窓ガラスさえも新しい。その上、落書きをしたはずの場所に、業務用の大きな空気清浄機が置かれていた。

ここ……

何もない……

思い出の一つぐらい残してくれててもいいのに……

わかっている。私のために、わざわざここをリフォームしてくれたんだって、わかってる。でも、でも……

少しだけでも見たい……！

薫子は空気清浄機に手をかけた。けれど薫子一人の力では、重くてわずかに揺らすことしかできない。

なんでこんな大きな物を……。家庭用のじゃ駄目だったの？

「お嬢様！　何をなさっているんですかっ！」

もういなくなったと思った萱野の声がして、薫子はびくっと身体を強張らせた。

「妙な音がすると来てみれば……。おやめください」

萱野に腕を取られ、背後から羽交《はが》い締めにされた。

「何って、空気清浄機を動かそうとしているんだけど？」

「それは見ればわかります。私が聞いているのは理由です。何故そのようなことをなさる必要があるのですか？」

薫子を羽交い締めにしたまま萱野は聞いてくる。

「何故って……。ここにとっくんの……」

「とっくん？」

聞き返す萱野の息が一瞬乱れる。

「そうよ。とっくん。彼がここの後ろの壁に落書きしたの。私の思い出なの」

「思い出？　それは……わかりましたが、それと空気清浄機を移動させることの関係は？」

その理由を聞くまで絶対に離さないという力と彼の体温が背中から伝わってきて、薫子は何故か動揺した。

「だから……。なんか寂しくて……」

そう言うのは恥ずかしかったけれど、このまま羽交い締めにされた体勢でいる方がもっと恥ずかしいと気づき、薫子はうつむきながら答える。

「いきなり今日からここで暮らすとかって……。なんだか寂しくて、子供の頃の思い出でもあればって……。あのね、ここにとっくんの落書きがあったのを思い出したのよ。見たかったの。私の大切な思い出なの。なのにっ……」

泣きそうになりながら言うと、不意に背中の圧力が消えた。ほっとしたのも束《つか》の間、くるりと向きを変えられ、正面から顔を覗《のぞ》き込まれる。

「そんなに過去の思い出が大切ですか？　それもとっくんとの？」

「え？」

そう聞いてきた萱野の表情がいやに冷たくて、薫子は一瞬息を呑んだ。

「ここでのことをよく覚えていないとおっしゃっていましたよね？　それなのに、今思い出したばかりの思い出が大切？」

ぎゅっと両肩を掴《つか》まれた。力が入っているのか、わずかに指が食い込んで痛い。

「だって、寂しくて……。これからの不安もあるし……」

なんだか萱野のことが怖くなってきて、薫子は身体をよじった。けれどうまく行かずにそのまま壁に身体を押しつけられてしまう。

「ここでの生活が不安？　あなたは天下の東三条のお嬢様になったのですよ。何もかも思いのまま、どんな贅沢《ぜいたく》をしても許される身になったのに？　望めば一生好きな絵だけを描いて生活することもできるのですよ？」

「な、何……」

なんだか怖い。萱野が怖い……

何に対して怒っているんだろう？　私そんなに悪いことをした？

それに、私は贅沢《ぜいたく》がしたいわけじゃない。

「贅沢なんてそんなの……」

望んでいないと言いかけて、はっと気づく。

世の中には毎日生きていくだけで精一杯の人もたくさんいる。大叔父様の愛情を受けて、何不自由ない生活まで約束されている私が不安だなんて文句を言うのはお門違いだ。

「ごめんなさい。私……」

生活が一変してしまう不安は確かにあるけれど、自分は恵まれているんだ。

そう思い直し、慌ててごめんなさいと言ったが、そのことを気づかせるための発言だとしても萱野の言い方は引っかかる。

「でも、子供の頃の思い出の一つくらい目に見える形で手元に置いておきたいじゃない。何もないのは寂しいし、とっくんとの思い出を大切にしたいだけなんだし……」

反発から、ついそんなことを言っていた。

実際、どんなに恵まれていようとも、この寂しさだけはどうしようもない。

「また、とっくんですか……。そんなに……」

薫子を見つめる顔は怖いままだったけれど、目の奥にどこか苦しそうな光を宿して萱野は呟《つぶや》いた。

それから何かを考えるように少しだけ目を瞑《つぶ》ったが、再び薫子を目に映した時には、その表情は意地悪な冷笑に変わっていた。

「そんなに寂しいのでしたら、私が抱いて差し上げましょうか？」

「はっ？」

いきなり何を言い出すんだと反論する暇もなく抱きしめられた。

「なっ……、やっ……」

慌てて逃げ出そうとしたが、背後は壁。それに加えて、萱野の腕の力は強かった。

「夜が寂しいのでしょう？」

耳元に、吐息とともに萱野の低い声が落とされる。とたんに背中にむず痒《がゆ》いような感覚が広がって、薫子はうろたえた。

腕から逃《のが》れようともがくのだけれど、全身の力が抜けてしまい、指さえうまく動かせない。

「毎晩私に抱かれて、昔のことなど思い出す間もなくなればいい」

「どうし……て」

こんなことをするの。やめて……

大声を上げたいのにうまく舌が回らない。それどころか、中途半端に開いた口は萱野の唇で塞がれた。

え？　今、キスされてる……？

一瞬頭の中が真っ白になるが、次いでぬるりと彼の舌が入って来ると、薫子はまた言いようのない感覚に囚《とら》われる。心臓がバクバクと音を立て、腰が痺《しび》れてうまく立っていられなくなった。

なんでキス？　どうして？

疑問が何度も頭の中に浮かぶが、薫子の口中で蠢《うごめ》く舌に翻弄《ほんろう》されるうち、そんな疑問すらどこかへ飛んで行ってしまいそうになる。

歯茎の裏を彼の舌が掠《かす》めていく。擽《くすぐ》ったいようなそれに、薫子の鼻から妙に甘い息が漏れる。

「ふっ……。んんっ……」

声が出るのに恥ずかしさを覚えたが、息を止めれば、すぐに苦しくなるだろう。そうすると口を大きく開けることになってしまう。彼の舌をより深く導く結果になりそうで、薫子は一瞬ためらった。

やだ、やだ……。どうしたらいいの？

そんな薫子を、萱野はどんどん追い詰めてくる。すっと舌を引いて唇の内側をなぞったかと思うと、縮こまりがちな薫子の舌を吸い出すように動き始める。

「んっ、んんん、う……んっ」

鼻息が荒くなって、身体中に痺れが走る。

こんなキスは初めてだった。美大の先輩と付き合っていた時のキスはこんな風じゃなかった。

駄目……。このままじゃ……

このままでは萱野に翻弄されっぱなしになってしまう。なんとかこのキスをやめさせようと、薫子は首を左右に振った。同時に萱野の舌を噛もうとする。

抵抗の気配を感じたのか、萱野はすっと唇を外し、今度はそれを首筋に這《は》わせてきた。さらに、片腕で薫子を抱えたまま、空いた手で薫子の胸元を弄《まさぐ》る。

「あっ……」

とたんに薫子の中の何かが蕩《とろ》け、うっかり声を漏らしてしまう。その声が妙に甘い響きに聞こえて、薫子は真っ赤になった。

その声が合図だったかのように、萱野はさらに大胆に胸に触れてきた。

下から持ち上げるように鷲掴《わしづか》みにして、服の上から的確に探り当てた頂《いただ》きの尖《とが》りを、指で押し潰《つぶ》そうとする。

その時……

ミギャー。

外で猫の声が響いた。萱野は、弾かれたように薫子から身を引き、ちらりと窓の方を見た。

「猫の喧嘩か……」

そういえば、この屋敷には昔から猫が何匹か住みついていた。兼須衛が飼っているわけではない。住み込みの使用人の誰かが、好きで飼っていたなと薫子は思い出す。

「失礼……」

「し、し……つれいって……」

途中でやめたことに対してか、猫に気を取られたことか、それともこんな行為をしてしまったことに対してか、萱野がどういう意味で失礼と言ったのか、薫子にはわからない。

でも、いきなりこんなことをしてくるなんて、本当に失礼だ。もっと私は怒ってもいい。それなのに……

何故か薫子は強く出られなかった。

「お、お嬢様に断りもなく、執事のあなたがこんなことをするなんて、どういうこと？」

はっきり言わなきゃ。二度とこんな真似されないように……

そう思って口を開いたけれど、出てきたのはそんな及び腰の台詞《せりふ》だった。

萱野の目が大きく見開かれる。

「大変失礼いたしました。しかしそれは……」

彼の頬に皮肉げな微笑《ほほえ》みが刻まれた。

「お嬢様の許可さえいただければ、いつでもしてよろしいということでしょうか？」

「そ、それは……！」

かっと全身が熱くなった。頬もこれ以上ないくらいに発熱しているのを自覚して、薫子は思わず手を当てる。

「そういう意味じゃ……」

「くっ……」

萱野はそんな薫子を見て、喉の奥で笑った。

「ご心配は無用です。もう二度といたしませんので」

「当たり前よっ！」

「あなたとのキスは、ちっとも面白くありませんでしたから」

「なっ」

さっき以上に薫子の身体が熱くなる。怒りのあまり、目の前がクラクラしてきた。

「……面白くないってなんですか？」

「なんなのかとおっしゃられても返答に困ります」

「何よっ！」

しれっとしている萱野に、薫子は衝動的に殴りかかっていた。それはあっさりとかわされて、よろけた身体を抱きしめられる。

「暴力ですか？　本当にあなたはお嬢様らしくない。まだ初日ですので仕方のないこととはいえ……」

抱きしめられたのは一瞬。すぐに解放されたかと思うと、今度は指で顎《あご》をくいっと持ち上げられる。そのまま薫子の顔を間近で覗《のぞ》き込み、萱野は困ったように眉を寄せた。

「おや、お怒りになりましたか？　今の私の発言でそんなにお怒りになるなんて、どうやらご自覚はおありのようだ」

「自覚ってなんですかっ！　どうせ私はお淑《しと》やかじゃないけど、それのどこが悪いっていうの？　そんなに私をお嬢様らしくしたいって言うのなら、あなただって私にそれらしい態度を取ってよ」

怒りと恥ずかしさで、思ってもいないことを言ってしまった。別にお嬢様扱いしてほしいわけではないのに……

萱野は薫子の顎《あご》から手を外すと、軽く肩を竦《すく》めてみせた。

「でしたらまず、そのすぐ手が出る癖を改められては？　あなたはいずれ、東三条にふさわしい婿《むこ》を取って家を継がれる方なのに、このままでは難しそうですね」

「暴力を振るおうとしたことは、確かに私が悪かったけど……。どうしてそんな話につながるのよ。そもそもあなたが、私にその、キスなんてするから……。なのに謝りもしないし失礼なことを言うのがいけないんでしょ！」

そう。そもそもの問題はそれだ。人に手を出しておいてまともに謝ろうとしないこの男が悪い。あまつさえ面白くなかったとか、ひどい言い方をするのが悪いのだ。

薫子は萱野をきっと睨《にら》みつけた。

なのに彼は少しも動じない。それどころかまた肩を竦め、さらに首を横に振る。

「私は本当のことを申し上げたまで。お気に障《さわ》ったのでしたら、ご自分を磨くことですね」

萱野は薫子を馬鹿にしたように笑った。

「私のキスにろくな反応を見せず、面白味もない。これでは旦那様になる方を喜ばせることなどできないでしょう」

謝罪の件から話題をすり替えられているのに気づかず、薫子は大声を上げる。

「それは、いきなりキスされたからよ。唐突すぎて反応できなかっただけよ」

「それでは、もう一度いたしましょうか？」

「え？」

薫子は一瞬頭が真っ白になったが、その隙に口から零《こぼ》れ落ちたのは、彼を挑発する言葉だった。

「ええ、どうぞ。あなたこそ、私のテクニックに音《ね》を上げないでよね」

「せいぜい気をつけます」

萱野の返事は薫子の唇の真上に落とされた。そのまま唇を軽く舐《な》められ、わずかに開いた隙間から舌が潜《もぐ》り込んでくる。

「んっ……」

彼の舌が薫子の口腔《こうこう》の粘膜《ねんまく》を擽《くすぐ》る。それだけで鼻から甘い息が漏れてしまい、薫子はうろたえた。つい大見得《おおみえ》を切ってしまったけれど、本当はキスなんて数えるほどしかしたことがない。バレないようにと懸命に自分の舌を動かし、彼のそれと絡《から》めてみる。

とたん、甘い痺《しび》れと唾液が口いっぱいに広がって、くちゅっと濡れた音がした。彼はその唾液ごと啜《すす》るように、薫子の舌を吸ってくる。

「ふ、うっ……」

塞《ふさ》がれたままの口から漏れるのは、もはや喘《あえ》ぎ声に近い音。

こんな声が出てしまうのは、うまく息ができないせいせい……

何度も角度を変えながら吸われ、強烈な刺激が脳を走り抜ける。下半身が甘く発熱して、そこから力が抜けて行った。

さらに鼓動がやけに速くなり、胸が痛くなる。眩暈《めまい》までしてきて、薫子は姿勢を保てなくなった。

もちろん萱野の舌技《ぜつぎ》に応えることもできなくなり、ただただ彼に翻弄《ほんろう》される。ねっとりと上顎《うわあご》の粘膜を舐められると、尾骶骨《びていこつ》から背筋を伝って、ぞわっとしたものが這《は》い上がってくる。

それが快感だと気づかないまま、薫子は腰から砕けて座り込みそうになった。その身体を萱野が支えてくれる。

薫子も思いっきりしがみつくと、傍若無人《ぼうじゃくぶじん》に動き回っていた萱野の舌が、ようやく薫子の中から出て行った。

「たかだかキス一つで、腰が抜けてしまわれたのですか？」

萱野の口元には笑みが浮かんでいる。それは嘲笑とも冷笑とも取れる表情だったけれど、まだしっかりと薫子を抱いている腕は、彼女の背中を優しく撫《な》で回していた。

「ちょ、ちょっと疲れただけよ。あなた、背が高いから……」

反射的にそう返したが、なんだか後ろめたくて彼の顔をまともに見られなかった。

「そうでしたか。それは失礼」

言うが早いか、萱野は薫子を抱き上げる。そのままベッドへふわりと下ろすと、今度は薫子にのしかかってきた。

「この体勢ならお嬢様もやりやすいでしょうか？」

答えられるわけがない。憎らしいほど綺麗な顔に見下ろされて、さっきよりも鼓動が激しくなり、口を開けなくなった。

それに、ベッドでこういう体勢って……

あんなディープなキスをした後だ。残された行為はたった一つしかない気がしてくる。

先輩と付き合っていた時に一度は経験があったけれど、あの痛みを考えると、なんだか急に怖くなって息すらできなくなり、薫子はギュッと目を瞑《つぶ》った。身体も自然と震えてくる。

「まったく……」

ため息混じりの声と同時にベッドが軋《きし》んだ。

「そのような顔をされては、何をする気も起こりません」

「……はい？」

思わず目を開け、薫子は勢いよくベッドから半身を起こした。

「そもそも、テクニックがどうのとおっしゃった割には、拙《つたな》い反応でしたし」

薫子を小馬鹿にしたような態度に、ついさっきまで感じていた怖さが、あっという間に吹き飛んでいく。

「拙いってどういう意味？」

「お粗末だという意味ですよ」

「それはわかってるわよ。っていうか、私のことを馬鹿にしすぎでしょう！　さっきからムカついてるんですけど」

「『っていうか』とか、『ムカつく』などという、良家のご令嬢らしからぬ言葉を使っていれば、からかわれるのも当然です。そもそも、妙齢のご婦人が使われる言葉ではないと思いますが」

「なっ……」

薫子は絶句した。

何か言い返したいのだが、ここで口を開いても汚い言葉しか出てこないだろう。萱野に言われっぱなしになるのは悔しかったが、耐えるしかない。

「今までどのような環境におられたのでしょう……。男性をその気にさせられず、その上言葉遣いにも問題があるなど、今から先が思いやられます」

あんまりな言われように悔しくて涙が出てきそうだ。

ついさっき、彼のキスで蕩《とろ》けそうになった自分を呪ってしまいたいほど、今は萱野が憎かった。

「上品な言葉遣いなんて、普通の生活では覚える必要がないし、キ、キスだって……。そんなの誰が教えてくれるっていうの！　あれこれ文句をつけるなら、あなたが教えてくれればいいでしょう！」

涙目になって怒鳴ると、萱野は目を丸くした。

薫子は、このままベッドで泣き伏したい衝動に駆られたが、それを実際にやった時の萱野の反応を想像してしまい、実行には移せなかった。

「……そう、ですか。そうですね……。でしたら、私がお教えいたしましょうか」

「へ？」

萱野の言葉に薫子は素《す》っ頓狂《とんきょう》な声を上げてしまう。

「お嬢様を立派なレディにお育てするのも、執事の務めと心得ております。私が責任を持って教育いたしましょう」

萱野は腕を組み、執事ではなく教師の顔になった。

「きょ、教育？」

「ええ。元々私は旦那様より、お嬢様の教育係を仰せつかっております。長く庶民暮らしをしているので、いざという時に困ることがないよう、色々教えておいてほしいと。お嫌ですか？」

嫌だ、と思った。

こんな男に頼んだら、何を教育されるかわかったものじゃない。

けれど、続く言葉に、そんな感情はあっという間に吹き飛んだ。

「あなたが言い出したことでもあるのですから、お嫌なら素直に『ごめんなさい、嫌です』とおっしゃい。お嬢様は確かに私の主《あるじ》ですが、自分が悪いと思った時は、素直に非を認めるべきです」

どうして私が謝らなきゃいけないの？

ふるふると頭を左右に振りながら薫子は大声を上げた。

「あなたから教育なんて受けたくないけど、謝るのはもっと嫌よ」

きっと睨《にら》みつけながら宣言すると、萱野は苛立ちと困惑が混ざり合った表情で、形のいい唇を一瞬引き結んだ。

「では……。私の教育を受ける、と解釈してよろしいのですね」

薫子は無言で頷《うなず》く。

「――どんな教育でも受けると？」

「もちろんよ。どんなことでも受けて立とうじゃないの」

受けて立つなど、まるで決闘の申し込みをされたようだと言葉にしてしまってから思ったが、確かにこれは萱野と自分の決闘に違いない。彼の言う教育がキス以上のものであっても退《ひ》かない決意を固め、薫子は萱野を睨《にら》みつけた。

「かしこまりました。では明日からさっそく……。もし私がお出しする課題をクリアできたら……」

と、萱野は手の平で壁を示す。

「空気清浄機を移動させておきましょう」

「ほんと⁉」

ぱっと薫子の顔が輝いた。

「お約束いたしますよ。私は、嘘をつきません」

萱野はにっこりと微笑《ほほえ》む。

嫌味か……

先程のキスに対する当てこすりにムカつきながらも、薫子は彼の美しい微笑《ほほえ》みに見惚《みと》れてしまい、そんな自分にさらに腹を立てることになったのだった。

四

翌日、薫子は食堂へ行く途中ふと気が向いて、居間に寄った。部屋の奥には作りつけの暖炉《だんろ》があり、それを囲むマントルピースの上にはいくつもの写真が並んでいる。

白黒写真から、時を経て色褪《いろあ》せたカラー写真。

そういえば、ここにあるのは東三条のご先祖様とかの家族写真だっけ……

懐かしくなり、薫子は端から写真を見て回る。その中に晴れ着を着た女の子が写っている一枚を発見し、薫子はつい微笑《ほほえ》んだ。

これ私だよね……。七五三か何かの時かな？

お澄ましししている自分の姿に薫子はさらに笑みを深めた。その横には男の子と、その両親と思われる男女が並んでいる写真も置かれていた。

とっくんの写真だと思い近寄った薫子は、写真を手に首を傾げた。

ん？　とっくんってこんな顔だったっけ？

記憶の中にある彼の顔や雰囲気とはどこか違っている。

とっくんはもう少し大人びた雰囲気の少年だったはずだ。本当にこれはとっくんなのだろうかと薫子はさらに首を傾げたが、元々自分の記憶は曖昧《あいまい》だったっけと苦笑する。

その時、居間の大きな柱時計がチンと鳴った。

六時半だ。

「いけない」

夕食は原則六時半からで、時間厳守だと伝えられていた。

薫子は写真を元に戻すと足早に居間を出て食堂に入った。その瞬間、扉の脇に控えている萱野の姿が目に入り、どきりとする。

萱野がそこにいるというだけで、キスされたことを思い出して落ちつかないのに、彼はあくまで涼しい顔だ。

「おや、薫子。私があげたネックレスはしていないのかな？」

声の先の兼須衛はもう、酸素吸入器をつけていなかった。

「あ、大切だからしまってあります。失くしたらいけないし、普段からしていると絵の具で汚してしまいそうですし」

そう答えると、兼須衛はおかしそうに目を細める。

「そうか、薫子は美大生だったな。では絵を描く時以外ならつけてもらえるのかな？」

「それは、もちろんです」

本当は慣れない物をつけて失くしたくないという気持ちの方が強かった。けれど、昨日プレゼントされたばかりのものを仕舞い込んでしまうのも、贈り主である兼須衛の気持ちを考えていない行為だったと少し落ち込んだ。

「ところで……。どうかな薫子。この屋敷での暮らしは？」

「えっ。あ、えっと、部屋は昔使っていた部屋だから懐かしいし、それに大叔父様と一緒に夕ごはんを食べれるなんて幸せで……。しかもちょっとお元気そうだから嬉しくって……」

「おそれながらお嬢様、『食べれる』ではなく『食べられる』でございます。さらに付け加えますと、この場合は『夕食をご一緒できる』とおっしゃる方がよろしいかと」

「なっ……」

言葉遣いを指摘され、薫子の顔は恥ずかしさに赤くなる。これも萱野の言う「教育」の一環なんだろうけれど、兼須衛の前で恥をかかされた気分になる。

それに、何故この場に同席しているのかもわからない。

子供の頃もこの家族用の食堂を利用していた記憶があるけれど、こちらが呼ばない限り、使用人は来なかったはずだ。

「そうだな薫子。萱野の言う通りだ。けれど言葉遣いは外に出た時だけ注意すればいい。私と二人の時くらい、薫子の自由にして構わないよ」

「ええっと……。はい」

兼須衛にまで言われて、薫子の顔はますます赤くなる。

「あの、大叔父様と夕食をご一緒できて嬉しいです。もっとその……、ずっとベッドにいなければならないのかと……」

なんとか言い直したが、萱野がこちらを見ているのが気になって、顔が引きつりそうだった。

「おや？　私がベッドで寝たきりだとでも思っていたのか？　酸素吸入器も疲れた時だけでいいと医者から言われたし、もう健康な人とほとんど変わらないよ。いざという時のために、立ち寄りそうな全ての場所に酸素ボンベを置いたしな」

行きそうなところ全てに？　と驚いたものの、天下の東三条グループの総帥ならやりかねないと、自分がその家の人間になったという実感が伴わないまま、薫子はぼんやりと思った。

実感がなくて当たり前だ。薫子がこの屋敷に来たのは昨日なのだから。

兼須衛と二人で食事をするのも今が初めてだ。

昨夜はいきなり連れてこられた衝撃と、萱野とのあれこれで疲れてしまい、夕食も取らずに十二時間近く寝てしまった。そのせいで朝食もとらずに大学へ直行しようとしたところ、車を出すと言われて萱野や運転手たちと押し問答になり、兼須衛に朝の挨拶をするタイミングを逃《のが》してしまったのだった。

「ん？　どうした薫子、黙ってしまって」

兼須衛は箸をつけていた羹《あつもの》をとっくに平らげている。

「いえ、あの……。朝はごめんなさい。私てっきり大叔父様はまだ寝ていらっしゃると思って、ご挨拶もせずに大学に行ってしまって」

「ああ。気にしなくていい。これからも朝は一緒にとれないだろう。いや、夕食もか……。また紀《き》尾《お》井《い》町《ちょう》に泊まってしまうから。すまないね、寂しい思いをさせてしまう」

紀尾井町？　と頭に疑問符を浮かべていたのがわかったのだろう、萱野が紀尾井町にあるホテルの名前を口にした。

「ホテルが何か関係あるの？　そこが老舗《しにせ》の一流ホテルだっていうのはわかりますけれど」

「本格的に仕事に復帰しようと思ってね」

本格的とはどういうことだろうか。もうとっくに兼須衛は仕事に復帰していると聞いていた。その思いを察したのか、兼須衛は申し訳なさそうに答える。

「薫子にはきちんと言っていなかったか……。元々この屋敷に戻るのは休みの時だけなんだ。この屋敷は都心からは少々遠いから。退院してからは、念のため自宅から仕事に向かっていたんだが、そろそろ都心のホテルに移ろうかと……。昨日のうちに言っておけばよかったね。本当に寂しい思いをさせてしまう」

「大丈夫です。一人には慣れていますから」

言ってから、薫子はしまったと口を噤《つぐ》む。

これではまるで、一人暮らしになった直後に呼び寄せてくれなかったことを責めているようではないか。

「えっとあの……。それより車での送り迎え……。今日は学校の近所までってことで納得してもらいましたが、本当は自分の足で通いたいです。前の家より遠くなったのは確かだけれど……。なんとかならないかしら？」

兼須衛の悲しげな顔を見ていられなくて、薫子は話題を変えた。

「なりません」

それに答えたのは萱野だった。

「お嬢様は東三条家の大事な跡取り。通学の行き帰りに誘拐でもされたらどうなさるのですか？　もう少し自覚をお持ちいただきたい。本来ならボディーガードの一人でもつけるところです。お買い物なども一人では行かれぬようにお願いいたします」

「はあ？」

薫子は箸を取り落としてしまう。

「ちょっと、何大げさなことを言ってんのよ」

「大げさではございません」

箸を落としたせいだろう、萱野は厳しい目つきで薫子を見た。いかにも行儀がなっていないと言いたげだ。

「まあまあ、萱野、今日のところは……」

兼須衛は苦笑混じりに言って、手を叩く。すると隣室から使用人がやって来た。萱野は彼に素早く何かを囁《ささや》く。

ん？　と思いながら二人のやりとりを見ていると、使用人は薫子が床に落とした箸を拾ってその場を去り、すぐに新しい箸を持って現れた。その箸を萱野が受け取り薫子に差し出す。

自分で拾わないいんだ！　他の人にやらせて私に渡すんだ！

呆れと驚きで、薫子は受け取った箸を握ったまま固まってしまう。

私、この先ここでやっていけるんだろうか……

あ、そういえば今晩から、彼の教育とやらが始まるんだっけ……

「東三条のやり方には、追々《おいおい》馴染《なじ》んでいけばいい。そのために、萱野を正式にお前付きにしたから。わからないことがあったら彼に聞きなさい」

兼須衛は鷹揚《おうよう》に言いながら笑顔を見せた。

「それに、薫子のお披露目《ひろめ》のパーティーを近日中に開こうと思う。そこに婿《むこ》候補も呼んでおくから、その中から気に入った男を選ぶといい。学生結婚しても構わないし、まだ早いと言うなら婚約だけでもいい」

「えっ」

兼須衛から出た「パーティー」と「婿候補」。この二つの単語に薫子は目を白黒させた。

跡取りがいないから養女になった。将来は婿を取る。そういう事情は理解していたし、納得もしている。

今現在好きな相手もいないし、いずれは結婚したいと漠然《ばくぜん》と思っていたから、兼須衛の選んだ相手を婿に取ることにも抵抗はない。しかしいくらなんでも急すぎる気がする。

だが、目の前に座る兼須衛を見ると、嫌とは言えない。

今はこうして一緒に食事ができるし、仕事にも本格復帰できるほど「元気」だけれど、またいつ寝込んでもおかしくないのだ。そういう意味では確かに急いだ方がいいのかもしれない。

それに兼須衛が候補にする人たちだ。変な男性はいないだろうし、それどころか薫子の好みのタイプを考えて呼んでくれている可能性だってある。

それでもパーティーと名がつくものに出るのはなんとなく気が引けてしまう。何かとんでもない失敗をして、兼須衛に恥をかかせてしまうのではないかと思うのだ。

「でも……。今まで私、まともなパーティーなんて行ったことないし……」

なんとか回避したくてそう言うと、兼須衛に笑われた。

「イブニングドレスを着てダンスを踊るような本格的なものではないぞ。会場もこの屋敷だし、そう構えることはない。まあ、多少のドレスコードやそれなりのマナーはあるが……。さっきも言ったが、そういうことでわからないことは萱野に教えてもらいなさい。彼の言うことを聞いていれば間違いはない。大学の合間に、英語や社交術も教わるといい」

ちらりと萱野を見た兼須衛の瞳には信頼の色が浮かんでいる。それに対して萱野は会釈《えしゃく》し、微笑《ほほえ》みの形に口角を上げた。

「そういうことですのでお嬢様、どうぞよろしく。今晩から講義に入らせていただきます」

「うむ、それがいい。萱野、頼んだよ」

「はい。かしこまりました」

待って、待って、二人で話を進めないで……

夜だけでなく、他の時間も彼の教育を受けるなんて……

なんとか断ろうとあれこれ口実を考えるのだが、うまい考えが浮かばない。

「それでは、お嬢様。精一杯お世話させていただきます。よろしくお願いいたします」

焦る薫子の前に進み出た萱野が、恭《うやうや》しく頭を下げた。それに頷《うなず》き返すことしかできず、結局薫子は萱野を自分の執事として、渋々《しぶしぶ》受け入れたのだった。

＊＊＊

それに、これからずっと車で送り迎えなんだ……

薫子はため息をつき、ベッドに大の字になって倒れ込む。勢いよく倒れたため、ネグリジェの裾《すそ》が捲《めく》れ上がって膝が丸出しになり、煩《わずら》わしいなと思う。

元の家で暮らしていた時はパジャマすら着ず、部屋着代わりのジャージのまま寝ていたのだが、ここではどこを探してもジャージらしきものは見当たらない。そこで仕方なく、一番楽そうなネグリジェを選択したのだ。

今晩から行われるという教育を期待しているようでなんだか嫌だが、他に無いのだから仕方がない。

あんなリムジンで送り迎えされているところを誰かに見られたら、大学中で噂になっちゃう。

ただでさえ、昨日の萱野の行動のせいで、今日は噂になっていた。人数の多い大学だから薫子を知っている人間は少なく、直接あれこれ聞いてきたのはほんの数人だったが、親しい友人たちにはどうしたんだと驚かれた。「いつもジーンズなのに、キュロットパンツなんて珍しい」と。

些細《ささい》なことだが、そんな注目を集めるのは嫌だ。なんだか気恥ずかしい。

友人たちには、「親戚の家にお世話になることになった。そこの家の人はジーンズ姿を嫌う」とだけ説明して、昨日のことに関しては自分を誰かと間違えたらしいとごまかした。

でも服は、これだと困るな……

幸い大学のロッカーに予備の白衣を置いていたので、実技授業の時はそれを上に着た。それでも慣れない服装だと、なんとなく動きにくい。

手持ちの現金で買うしかないか。

薫子は再度ため息を漏らす。

こうしてあれこれ考えているのが、現実逃避だとわかっている。萱野が「教育」にやってくることをなるべく意識したくないのだ。

それでもつい気になって、今何時だろうか、いつ萱野が来るのだろうかと時計を見るために起き上がる。その視界に空気清浄機が目に入った。

あれ……

どかしてくれるって言った……

これからどんな教育をされるのか怖かったけれど、落書きを見るためなら頑張ろう。それに、ここで嫌だと言ったり逃げたりしたら馬鹿にされる。

目だけが笑っていないような萱野の微笑《ほほえ》みを思い出し、薫子は自分の両頬を叩いて気合いを入れた。

「何をしていらっしゃるのですか？」

唐突にその萱野の声が聞こえ、薫子はギクッと動きを止めた。手を両頬に当てたまま息まで止めてしまう。

「それにしても、なんというはしたないお姿……。良家の子女ともあろう方がおみ足を丸出しにされて」

眉を顰《ひそ》めた萱野が、薫子の側まで足音を立てずにやって来る。

「それとも、そのような姿で男性を……私を誘っているおつもりですか？　今のようなだらしない格好で誘惑されても私は御免ですが」

最後の一言で薫子の止まっていた動きが甦《よみがえ》る。

「何よっ！　誰があんたなんか誘うもんですかっ。っていうか、ノックくらいしなさいよ！」

「いたしましたが？」

「え？」

本当だろうか？

けれど、萱野はそんなことで嘘をつかないだろうと思い、気づかなかった自分が悪いのかと薫子は項垂《うなだ》れた。

そういえば、この人嘘はつかないって言ってたっけ。

「さらに申し上げますと、そもそも執事というものは主人の部屋にノックなしで入っても許される立場です」

「ええっと……」

そうなんだ、と感心しつつも、まだ言い返したい気分だった。が、気づかなかった自分が悪いのではは仕方がない。薫子は声を出しながら、次に何を言うべきかと言葉を探す。

「そうだ。これから私に何かを教えてくれるのよね？　それって、男の正しい誘い方？　この姿じゃ誘われてる気にならないって今言ってたけど、どうすればいいのか教えてよ。この部屋に来たのは、約束通り私を教育するためなんでしょ」

よりによって、なんでこんなことを言うかな私……と薫子は頭の隅で思ったけれど、もう後には引けない。

その言葉に萱野は一瞬固まったように見えたが、すぐに腕を組んで薫子を見下ろした。

「そうですね。ではまず……。基本から参りましょうか」

「基本って……」

「ネグリジェの裾を自分で持ち上げてください」

言うことを聞くべきか一瞬悩んだが、挑発したのは自分だ。仕方なく言われた通りにして、薫子は萱野を見上げる。

「もっとです。もっと足を開いて……。ああ、膝を立てるとよろしいですね」

萱野の言う通りにすると、下半身が下着ごと丸見えになる。ひどく恥ずかしかったけれど、戸惑う心に気づかれないよう、薫子は顔を真っ赤にしながら、おずおずと足を開いた。

「こ、こう？」

「……。まだ足りません。もっと……」

これ以上は恥ずかしくて開きたくない。できればもうやめてほしい。薫子はそう願ったが、萱野は残酷に要求を重ねる。

やだ……まだなの？　どれだけ開けばいいの？

羞恥《しゅうち》に耐え切れずに薫子は目を瞑《つぶ》り、足の位置をずらした。

「もっとですよ。今のままではよく見えません。お嬢様にはまだ色気が足りておりませんから、この程度では男性はその気になりません」

萱野が近づいてきて自分の足の間を覗いている気配があった。

どくん。

薫子の胸が激しく鳴った。そこから熱い血が一気に全身を駆け巡り、身体が徐々に火照《ほて》り始める。

見られてる……

萱野の視線が一点に集中していることまで感じられて、身体の熱は上がる一方だ。下半身に集中したその熱で、蕩《とろ》けた何かが押し出されてきて、じわりと下着が湿った。

何これ、やだ。どうしよう……

自分の身体の変化に薫子は焦る。ただ見られているだけなのに、どうしてこうなるのかわからない。

なんで私……

焦れば焦るほど身体は熱くなり、下着が濡れてくる感覚がある。胸も疼《うず》いて、乳首が硬く尖《とが》ってきた。

これは気のせい。こんな状態になるはずない。絶対に気のせい。

「どうなさいました？　まだ足は開くでしょう？　あなたはそんなに身体が硬いのですか？」

萱野の声と同時に薫子の足元のマットが沈む。

はっとして目を開けると、萱野がベッドに膝乗りになっていた。

「やっ……」

なんで？　なんでこんな近くにいるの。来ないで。もう見ないでよ。

涙目になった薫子はつい足を閉じ、身体を後方へ引く。けれどすぐにベッドの背もたれに当たってしまい、それ以上萱野と距離を取れなくなった。

「誰が閉じていいと申し上げましたか？」

萱野の手が薫子の足首にかかる。そのまま少し引《ひ》き摺《ず》って元の位置に戻すと、膝を大きく割り開かれた。

「やっ！」

自分で開くのだってこれ以上ないくらい恥ずかしかったのに、それを他人の手でやられるなんて、どうにかなってしまいそうだ。

「嫌ですか。ではやめますか？」

そう聞いてくるくせに、萱野の手はまだ薫子の足首に触れている。そこからむず痒《がゆ》いような感触が伝わってきて、薫子は変な声を上げそうになった。

やめてくれるの？　本当に？

身体がぞわぞわするのに耐えながら薫子は頷《うなず》きそうになる。微《かす》かに顎《あご》が動いたのだろう、萱野はくすりと笑って薫子を見る。

笑った。今笑った……

馬鹿にされている。やめたいと思ったのを見透《みす》かされている。

それがどうしようもなく悔しくて、薫子は首を横に振った。

「やめない。続けなさいよ」

顎を傲然《ごうぜん》と上げて言ったつもりだったが、その声は少し震えていた。

そんな情けない自分が嫌で、薫子はさもなんでもないことのようなふりをして、自ら膝を割ってみせる。

見たいと言うなら見せてやればいいんだ。ってか、元々そういうつもりでやってたんだっけ？

どこまでやれば萱野はその気になるの？

薫子は開き直って、ネグリジェの裾も目一杯引き上げた。

「続けてほしいと……？」

どこか困った顔をしたように見えたが、それは薫子の見間違いだろう。何故ならすぐに意地悪な表情になったからだ。

「そうですね。続けてほしいのですよね。私に見られるだけでここをこんなに濡らしているのですから」

言いながら萱野は、薫子の下着の中心を指でなぞり上げた。

「ひゃっ！」

思わぬ行為と刺激に薫子の腰が跳ねる。

見られただけで濡れたという言葉に反論したかったけれど、そんな余裕はなかった。

「おやおや、色気のない声ですね。どうせなら、もっと艶《つや》のある声を聞かせてください」

「艶って……。それにいきなり触るなんて……」

身体が熱い。なぞられた部分がじんじんして、またそこが濡れてくるのがわかる。動揺して膝を閉ざすと、今度は胸に萱野の指が伸びてきた。

「ここも、こんなに硬くして……」

「あうっ！」

爪先で乳首を弾かれ、その衝撃にのけぞってしまう。

「ブラジャーを着用されていないのですか？　そのせいで、ツンと硬く尖《とが》った乳首が布を突き上げているのがよくわかります。私の指にもしっかりとした感触が伝わってきました」

まるでノーブラでいるのが悪いとでも言いたげな表現だ。

「な、何よ……。いけないの？　寝る時はブラなんて外すものでしょう」

動揺を悟られたくなくて必死に言い返すが、身体は裏腹で、熱を持ちすぎて何かが暴走しそうになっている。

「それはそうかもしれませんが、私という男性がこの部屋に訪れると、お嬢様はご承知だったはず。それなのに着用されていないとは……。それに脱がせる楽しみがなくなってしまいます。男性の心理というものをご理解いただきたい」

萱野の言いように、かっと頭に血が上りそうになる。

彼が今晩やってくるのはもちろんわかっていたが、だからといってブラジャーをしてしまえば、逆に男性の訪れを――それこそ萱野が言うように、脱がされるのを心待ちにしていたと思われかねないと考えたのだ。

「しかし……」

と、萱野はまた薫子の硬くなったそこを弾いた。

「きゃ、やっ！」

つきんとして痛みに似た衝撃なのに、甘い痺《しび》れが伴って全身が総毛立つ。それは開いたままの両足の間にも到達し、蕩《とろ》けて熱いものが下着の中に溢《あふ》れた。

「勃《た》っているのが布越しにわかるのも一興。なかなか素敵な眺《なが》めですよ」

そんなの恥ずかしすぎる。

薫子はもうどうしていいのかわからず、両手で顔を覆った。

「顔を隠されても無駄ですよ。全部透《す》けて見えています」

だからどうしてそんなに恥ずかしいことを言うの⁉

心の中で薫子は思いっきり叫ぶ。実際に叫ばないのは、言葉に出すと萱野からもっと恥ずかしい言葉が返ってきそうだったからだ。

それに、少しでも口を開けると変な声が出てしまいそうだった。口を閉じている今ですら、鼻息が荒くなっている。

「ああ、ほら……。また硬くなった」

嘘。うそうそ。絶対に嘘だ。

薫子は首を激しく横に振る。

「そのご様子ですと、私が嘘をついているとでも思ってらっしゃいますね。ですが、私は嘘は申しません」

萱野の声が耳のすぐ横でした。

また胸を触られるのかと身構えていると、無防備になっていた足の間に刺激が走る。彼の長い指が薫子の溝をなぞったのだ。

「んー。んんっ」

甘い悦《よろこ》びに蜜がたっぷりと満ちていくのがわかった。溢《あふ》れさせてはいけないと思うのだけれど、それは綻《ほころ》びを中から押し開くようにしてぬるりと漏れてくる。

「声を殺さないで……」

囁《ささや》きが耳の中に直接落とされた。そのまま耳朶《じだ》を甘噛みされ、耳の中に舌が潜《もぐ》り込んでくる。濡れた音が頭の中いっぱいに広がって、薫子は肩で息をした。

「駄目ですよ。声は出すものです。その方が男性は喜ぶのですから」

まだ顔を覆っている薫子の手の甲に、生暖かい湿り気が走る。

萱野の舌が耳から移動してきたのだ。

「ふっ……。あ……」

手の甲すらも感じる場所に変わってしまったようで、薫子は耐え切れず顔から手を外した。そこへすかさず萱野の顔が近づき、唇を奪う。

声を出せと言うくせに、これだと声が出せないじゃない。

ぼんやりと薫子は思ったが、萱野の舌の甘さにだんだん思考が鈍《にぶ》ってきた。

溶ける。熱い……。気持ちいい……

昼のそれより濃厚な口づけに薫子は酔う。痛いほど舌を吸われて歯茎を擽《くすぐ》られ、その度《たび》に妖しい感覚が全身を駆け巡る。

つんと勃《た》ち上がったままの乳首がむず痒《がゆ》くて、そこを爪で思いっきり弾いてほしくなる。じわじわと広がりだした綻びの中の蜜も掻《か》き出してほしい。

腰が自然に動いて両膝を擦《こす》り合わせたくなったけれど、そのタイミングで萱野の身体が両足の間に押し進められてできなくなる。

「んんんんっ……」

気づけば、手を萱野の背に回していた。

「お嬢様？」

口づけを解き、萱野は薫子の顔をじっと見つめてくる。

「あっ……」

見上げる彼の瞳に微《かす》かな欲望を認め、薫子は心臓を高鳴らせた。

どうしよう私……。何？　この感覚……

「昨日よりもお上手ですよ」

微笑《ほほえ》んだ萱野の顔があまりにも優しげで、薫子の心が躍《おど》る。どきどきと強く脈打つ鼓動が彼に聞こえてしまいそうで心配だ。

「ご褒美《ほうび》に、もっと気持ち快《よ》くして差し上げましょう」

え？　と聞き返す間なんてなかった。

彼の手が胸を鷲掴《わしづか》みにする。ネグリジェごとやわやわと揉《も》まれ、乳首を指で潰《つぶ》された。

「ふっ……。んんっ」

気持ちいい。

そう大声で言いたくなる。もっとと叫びたい。

まともに物を考えられなくなっていたけれど、頭の隅に恥ずかしいという感覚がまだ残っていたので、それを口にすることはなかった。

「いい感じですよ。今のあなたはとても色っぽくてかわいい……」

彼の掠《かす》れた声が身体中に響く。

「こちらも……。もっと気持ち快くして差し上げましょうね」

乳首を擽《くすぐ》りながら、萱野は薫子の足の間にも手を這わせてきた。濡れた下着の感触を楽しむように、何度も湿った上を擦《こす》る。

直接触られたわけではないけれど、その刺激は強い。それなのに何故かもどかしく感じ、薫子は彼の指に自分自身を押しつけるように動いてしまった。

「ああ、こちらも、乳首と同じでぷっくりと大きくなっていますね。ほら……」

尖《とが》りきったそこを軽く摘《つま》まれる。それだけで薫子に限界がやってきた。

「ひゃっ、あああっー」

目の前に火花が散って、びくんと腰が跳ね、足が突っ張る。

なのに萱野は、充血したそこを指の腹で押したまま、さらに小刻みに指を動かしてきた。

「はっ、あぁっ。も……」

駄目だ。おかしくなる。そう伝えたかったけれど、身体が小刻みに震えたり跳ねたりしてうまくいかない。口から出る声すら、自分でも聞いたことがない妙に甘いものだった。

こんな自分のものじゃないような声を萱野に聞かれたくない。そう思うのに、薫子の喉《のど》は嬌声《きょうせい》を漏らし続けた。

「あっ、ああっ、ん。はっ……」

「もっと……。もっと聞かせて……。あなたの声を……」

嫌だ、と感じるそばから萱野に胸を揉まれ、潤《うる》んだ割れ目をなぞられて高い声が出る。

「さあ、ご自分を偽《いつわ》らずに。気持ちが快いなら快いと……。その方がお相手も喜ばれますよ」

そうなの？　でもそんなの、言葉に出せるわけないじゃない。

ちらりとそんな思いが掠めるが、薫子の全ては萱野の指と声でとっくに甘く蕩《とろ》け出していて、気づけばがくがくと頷《うなず》いていた。けれどそれだけでは駄目だったらしい。

「お返事がありませんね。でしたら、やめましょうか？」

本当にやめるつもりなのか、萱野の指がすっと離れて行った。ほっとしていいはずなのに、今まで萱野の指で擦られていた場所がじんじんと痺《しび》れて、やめてほしくないという欲求が湧き起こる。

けれど、続けてほしいなんて言えるわけがない。

薫子はただ首を振って、萱野をぼやけた視界の向こうに見つめることしかできなかった。

「そんな目で見つめられると、やめ難《がた》いですね。仕方がありません、お嬢様がもう少し素直になれるように……」

濡れた下着の中に萱野の指が潜《もぐ》り込んできた。

軽く触れられただけなのに、薫子の腰が跳ね上がる。

くちゅっ。

濡れた音が耳に響き、薫子は自分の身体からいやらしい音が出ている事実を自覚させられた。潤《うる》んだ瞳から涙が溢《あふ》れる。続いて、萱野がぬかるんだ場所に指を挿入してきたからもうたまらない。

「あうっ、あああっ」

大きな喘《あえ》ぎを上げ、薫子はシーツを握り締めた。

すると萱野はわざと濡れた音を響かせるように指を動かしてくる。我慢できずに、薫子はシーツを握っていた手を両耳に当てた。

それでも濡れた音は聞こえてくる。

「も、や、やっ……。ふっ……んんっ」

「や？　お嫌ですか？　それでは、今夜はここまでといたしましょうか？」

そのとたん萱野の指が引き抜かれ、中の肉襞《にくひだ》が捲《めく》れ上がる。そこに強烈な刺激が生じた。

「ああっ！　はぁぁん」

淫《みだ》らな声が出てしまうのを止められない。それどころか、抜かれた萱野の指を追うように腰が動いてしまった。しかも、自分の中心からとろりとしたものが滴《したた》るのがわかって、薫子はうろたえた。

「おや？　これは……。なんでしょうか？」

滴る雫《しずく》を萱野が指で掬《すく》い、薫子の目の前に突きつけてきた。すぐに目を閉じたけれど、彼の指がべっとりと濡れて光っているのを見てしまい、薫子の動揺はマックスまで跳ね上がる。

もうやめたい。恥ずかしい……

そう思っているのに、身体の熱は高まり、もぞもぞと腰が揺れてしまう。自身のそんな拙い動きですら快感を呼んで、薫子はまた熱い物を溢れさせていた。

「ずいぶんと濡れていますが……。どうしますか？　やめますか？」

「な……、なんで……そんな……」

「どうしますか？」

萱野はさらに薫子を追い詰める。

濡れた蜜を擦りつけるように、ぎりぎりのラインまで指を滑らせた。

「ふっ、あ……」

それだけなのにびくびくと肉が蠢く。花弁が蜜を押し出すように開き切り、勝手に萱野の指を求めている。

「や……、め……な……で……」

掠《かす》れた声でそう呟《つぶや》くのが精一杯だった。

「やめてほしくないのは……」

萱野の追及は止まらない。

「気持ちがいいから……。ですか？」

萱野の意地悪な指が、濡れて光っている綻《ほころ》びの上の突起に触れる。

爪の先で軽く引っ掻《か》かれただけなのに、あまりの気持ち快《よ》さに薫子は嬌声《きょうせい》を上げた。

「あー。あっあっぁーっ！」

肉襞の中心から溢《あふ》れる蜜が止まらない。

声も止まらなくなり、薫子はがくがくと震えながら達しそうになった。それがわかったのか、萱野の指がすっと引っ込められる。

さっきと同じように刺激を求めて腰を突き出すと、萱野にもう一度聞かれた。

「快いのですか？　きちんとおっしゃっていただかないとわかりませんよ」

「う……うん」

それだけ言うのが精一杯だった。頷《うなず》いたとたん、涙がどっと溢れ出す。下からも大量に熱いものが流れ出ていて、薫子は全身どこもかしこも濡れていた。

「……よく言えました」

少し間が空いたけれど、優しい声が降ってきて、流れた涙をペロリと舐め上げられる。

「ふっ、ああっ……」

それすらもすさまじい快感で、薫子は喘《あえ》ぐ。

「ではご褒美を差し上げましょう……」

ぐちゅりと音がして、萱野の指がひくつき始めていた肉の畝《うね》の中心に挿入された。

「ひゃっ、あああっ」

熱い。完全に蕩《とろ》けた蜜が萱野の指と自分の肉襞の隙間から溢れて、零れ落ちていくのがわかる。

まだ一本しか挿入《はい》っていないのに、これが増えたらどうなってしまうのだろう？

一瞬そんな想像がちらつき、薫子は身悶《みもだ》えた。

けれど萱野は指一本で薫子を追い詰める。何度もゆっくり大きく抜き差ししたかと思うと、今度は速く小刻みに振動を与える。

水音が周囲に派手に鳴り響く。

指で何度も捲《めく》られて赤くぬらぬらと光る襞の合間から、壊れた水道のように愛液がまき散らされ、飛沫《しぶき》が薫子の下生《したば》えにまでかかる。

「あ、くっ、んんんー。か、萱野……。私……」

どうにかなっちゃう。

その言葉を最後まで言えず、薫子の声はすすり泣きに変わる。

そして萱野の指がある一点を激しく押してきて……

薫子は悲鳴に近い声を上げて、萱野の指を締めつけながら失神していた。

＊＊＊

目覚ましが鳴っている。

んー。起きなきゃ……

そう思うのに瞼《まぶた》が重くて薫子はなかなか目を開けられない。

今日何曜日だっけ？　講義は午後からだった？

そこまで寝ぼけた頭で考えてから、はっと覚醒する。

目を開けた視界に飛び込んできたのは懐かしいけれど、見慣れない天井。

ああ、そうだ。私、東三条の人間になったんだ。

慌てて布団を跳ね上げ、身体を起こそうとして薫子は呻《うめ》く。

太腿や腕に鈍痛が走ったのだ。それに腰が重くてだるい。そのくせ甘い残り香のような痺《しび》れが背中から這い上ってきて、薫子の顔は真っ赤になった。

私……。やだ……

萱野に夜の教育をされたことを思い出し、その場で身動きできなくなる。

手足に筋肉痛があるのは、慣れない快感に身体を強張らせて何度も震わせたせいだろう。しかも、最後の記憶が途絶えている。それほど強烈な快感だったのだ。

ふと見ると、ネグリジェが昨夜着ていたものとは違うものになっていた。濡れた下着やシーツも新しいものに交換されている。

恥ずかしさと悔しさが込み上げてきた。

ほんとに、やだやだ……

下着やシーツを替えられているのに気づかず失神していたなんて、最悪だ。

今晩もこんなことをされるの？

ため息をつきながら、のろのろとベッドから這い出す。ふと見た壁に違和感を覚え、薫子はその場所に近寄った。

空気清浄機の前に養生シートが敷かれていたのだ。

これも薫子が気絶している隙に萱野がやったのだろう。空気清浄機をどかすという約束を、ちゃんと果たそうとしているのだとわかった。

それを考えると、今夜も行われるであろう「教育」から逃げ出すことはできない。

なんだか勢いというか売り言葉に買い言葉で変なことになってしまったけれど、こうなったら後には引けない。

負けるもんか。

薫子は唇を噛みしめた。

そうして、バタバタしたまま大学へ行き、戻ってくると空気清浄機は撤去され、とっくんの懐かしい落書きが見えていた。

＊＊＊

「んっ、あっ……。ふ……んんっ」

リムジンの窓ガラスが薫子の吐く熱い息で白く染まる。

萱野の指が、蜜を溜めた場所の上に突き出た鋭敏《えいびん》な肉の芽を何度もなぞったり、つついたりしてくるから、薫子の息は忙《せわ》しなくなる一方だ。

車の乗り降りの練習をしていたはずが、どうしてこうなってしまったんだろうと、薫子は甘く霞《かす》む意識の中で思う。

ここのところ大学から帰宅すると、萱野に必ず何かのレッスンを受けさせられる。

今日のレッスンは、「優雅に見える車の乗り降りの仕方」だったのだが、何度やっても、車の中に頭から突っ込むような体勢になり、その度に尻を突き出す形になってしまった。終《しま》いには萱野にお尻を叩かれた。

それが何故こんな状況になってしまったのだろう。

「トロトロですね……」

スカートの中で、萱野は動かす指を一瞬止めて囁《ささや》く。

「なっ……。や……」

そんな恥ずかしいことを囁かないでほしい。

薫子は頭《かぶり》を振って萱野から逃げようとしたけれど、リムジンの中では思うように動けず、うまくいかない。

上半身をドアにもたせかけ、シートに横になる形で片足を萱野の肩に乗せているのだ。萱野はシートに膝をついて薫子を指で翻弄《ほんろう》しているのだが、そんな体勢でも、横幅が二メートルもあるリムジンの中は広々としており、彼がその長い足を伸ばしても、まだ余裕があった。

「何が嫌なのですか？　ああ、ほらまた、すごく濡れた」

それを証明するつもりか、萱野は指の腹を薫子の中に叩きつけるようにして、わざと湿った音を響かせる。

実際薫子にも、自分がいつもよりぐじゅぐじゅになっているのがわかる。けれど、それを認めたくなくて、薫子は萱野を睨《にら》みつけた。

「なんですか、その目は？　まるで私が悪いとでもおっしゃるような……」

「わ、悪いわよ！　こんな……ところで……、これじゃ、夜のきょう……あああっ」

夜の教育と同じと言いたかったけれど、途中で喘《あえ》ぎ声に変わってしまう。

この間挿《い》れられた指は一本だったが、今は二本に増やされている。たった一本増えただけでこんなにも擦れて、気持ちよくなって雫《しずく》が滴《したた》るなんて、もし、もし……

と、その先を想像して、薫子はますます身体を燃え立たせてしまった。もう車のシートはたっぷりと蜜を吸っている。

「悪いのはお嬢様、あなたですよ。何度言ってもお尻を突き出して……。てっきり誘われているものと思いましたが？」

「ち、違う……。んんっ……、誘ってなん……かっ、ふあっ……。だいたい、萱野が乗り降りがなっていないって……、お仕置きだってさっき……」

首を横に振りながら言うと、ついでに腰まで動いてしまい、泣きたくなるような甘い衝撃が脳に達する。

「そ、それにこんな……場所で……。だ、誰かに見られたら……」

「おや？　よく覚えてらっしゃいましたね。でしたらお仕置きを甘んじて受けて下さい。何度注意されても直せなかったご自分が悪いのですよ。それに、誰かに見られることを心配なさっているのでしたら大丈夫です。屋敷の者は皆、本日お嬢様がこの車で乗車の練習をなさっていることを存じておりますから、練習の邪魔にならないように近寄ろうともしないでしょう」

萱野はしゃべりながらでも、指の角度を変えたり二本の指を一本に戻したりして、薫子の官能を刺激し続けるのをやめない。

「んはっ！」

薫子の下半身にどんどん熱が溜まる。今や爆発寸前だ。太腿《ふともも》を震わせながら、軽く達する状態が繰り返されている。

「それとも、誰かに見られた方がよろしいので？　お相手がそのようなご趣味をお持ちの場合もございますし、そのようにいたしましょうか？」

「なっ、な……。や……んんんっ」

誰かに見られるなんて恥ずかしすぎて、少し考えただけで身体が震える。

「それは……。やっ！」

なのに薫子の蕩けた綻びは、萱野の指をさらに引き込んで濡らしてしまう。ピシャッと音がして、たくし上げられたスカートに水滴が飛んだ。

「嫌だとおっしゃられる割に、激しく濡れておられますが？」

見られるのは萱野も一緒で、彼の場合は恥をかくだけでは済まないはずだが、今の薫子はそこまで頭が回らない。

「嘘。嘘よっ」

「そうでしょうか？」

微《かす》かに笑みを浮かべ、萱野は薫子を追い詰める。

深く挿入した指を激しく動かされたことで薫子の腰が浮き、背中どころか頭が窓に密着する。

「あああーっ」

のけぞり、一際大きい声を放つ。同時に、萱野の左手が、すっと薫子の後頭部に回ってきた。

ゴツッと窓にぶつかる音が聞こえたけれど、それでも薫子の反応は止まらず、ガクガクと全身を激しく震わせて達してしまう。

ずるりと萱野の指が抜ける。それにすら感じてしまって、薫子はわずかに意識を飛ばした。

気づいた時には、服装を整えられた状態で萱野の胸に抱かれていた。

「あ、私……」

「申し訳ございません。無理をさせてしまいました」

「無理っていうか無茶よね」

こうしてただ抱かれている方が何故か恥ずかしく感じて、薫子はさっと萱野から離れて車を降りる。少し遅れて降りてきた萱野がくすくす笑っている。

「な、何？」

「いえ、お嬢様は、まだ続きをご所望なのかと……」

「はっ？」

何故そんなことを言うのか聞き返そうとし、思い当たった。

今の車の降り方がなっていなかったので、もう一度お仕置きが必要なのではと言いたいのだろう。

「も、もう最低っ」

顔を真っ赤にして、薫子は頬を膨《ふく》らませた。その顔を見た萱野がまた笑う。

「何よ、どうせこんな風に怒るなんて上品じゃないとか、お嬢様らしくないとか言いたいんでしょ」

「いえ……。それはそれでお嬢様らしくて、私は……嫌いではありませんが……」

一瞬言葉を詰まらせながら答える萱野。笑顔がどこか寂しげなものに変化した。

え？　今、嫌いじゃないって……。それに……

萱野の言葉と表情の変化に薫子の胸が変に高鳴る。

この気持ちは何だろう？

「さて……。そろそろ夕食の時間です。いったんお部屋にお戻りになって、お召し替えを」

すっと萱野の手が差し出された。部屋までエスコートするつもりなのだろう。

その一瞬の動作を見て、薫子は顔を曇らせた。彼の手の甲が赤く腫《は》れていたように見えたのだ。

「萱野。その手……」

さっき私が、窓に頭をぶつけそうになったから……

あの時は快感の方に意識を持って行かれたためわからなかったが、何度ものけぞって頭を打ちつけそうになったのを、ずっと萱野が庇《かば》ってくれたのだと気づいた。

「おや、私としたことが、みっともないところをお見せしてしまい、申し訳ございません。そういえば朝、階段の手すりにぶつけまして……」

嘘だ。

車に乗り込むまで、彼の手は赤くなっていなかった。下手な嘘をつくのは薫子に気を遣わせまいとする、彼の優しさなのだろう。

胸がまた妙な感じに高鳴るのを抑えられず、薫子は曖昧《あいまい》に頷《うなず》いた。

五

「最近の薫子はずいぶんと綺麗になったね。しかも所作《しょさ》が上品だ。これも萱野のおかげだろうか」

東三条家の屋敷へ来てから、一ヶ月と少し。

薫子のお披露目パーティーを明日に控えた夕食の席で、兼須衛に不意に言われた。薫子は噎《む》せそうになる。

つい最近、友人にも同じことを言われたからだ。しかも誰かに恋をしたか、あるいは抱かれたか、といった、色恋にまつわる感じの綺麗さだと指摘された。

抱かれてはいないけれど、ほぼ毎晩萱野から夜の教育を受けている。そのせいなのかと内心ぎくりとしたものだ。

友人はさらに、ホルモンバランスがどうのとも言っていたが、動揺した薫子は、それ以上まともに話を聞いていなかった。

そんなことまで思い出して、ついつい隅に控えている萱野に目をやってしまうけれど、彼はこちらをちらりとも見ようとしなかった。

なんか冷たいのね。少しくらい私を見てくれてもいいのに。

がっかりしている自分に気づいて薫子は驚く。

夜の教育なんてされたくないと思っていたのに、なんとなく最近では彼の訪れを待ちわびていた。

リムジンでの一件以外にも、色々と条件を出したり出されたりしながら、いやらしい教育は続いていたのだ。

たとえば、「どこが気持ちいいのか口に出して言えたら、ネグリジェ以外にパジャマを用意してもいい」とか、「上手におねだりできたら、一番服が汚れやすい木炭デッサンのある日だけジーンズを穿《は》いてもいい」など。

もちろん、他のレッスン——英語や礼法といった、東三条のお嬢様に必要なことも、上手にできるとご褒美《ほうび》が用意された。

そのご褒美につられてやっている自分がなんだか嫌だなと思う時もあったが、萱野はその都度《つど》きちんと約束を果たしてくれる。

私は嘘を申しません。

そう言っていた言葉は本当で……

彼の要求通りにできると、その時だけは優しい声と瞳になって薫子を褒《ほ》めてくれる。

何故だろう。たったそれだけのことなのに、今は萱野が気になって仕方ない。

博識な萱野との会話は、ふとした折にする雑談さえも興味深くて、薫子を退屈させない。そのせいだろうか、最初の頃は寂しくて、毎日のようにとっくんの落書きを見ていたのに、最近はそれもない。

とっくんは、どこで何をやっているのだろうか。プロのミュージシャンを目指してまだ頑張っているのだろうかと考えてみたり案じてみたりはするけれど、今は落書きを見てもただ懐かしいと感じるだけだ。

いつまで経っても薫子が返事をしないので、兼須衛は困ったように眉を寄せた。

薫子は慌てて口を開く。

「え、あー。大叔父様に褒《ほ》められるなんて嬉しくて……。でも、エステに行かせていただいたおかげかもしれませんよ？　それに久々にお会いできたから、そう見えるだけなのかも……」

「そんなことはないと思うが。――ところで、そろそろ大叔父様ではなく、お父様と呼んでもらいたいものだ」

寄せられた眉の形が困ったものから寂しげなそれに変わって、薫子は胸を痛めた。

「あ……。えっと……」

「ああ、いや、無理にとは言わない。ただ、人前ではお父様と呼んでほしい」

明日のお披露目パーティーでのことを言っているのだと気づき、薫子は深く頷《うなず》く。

「それにしてもカトラリーの使い方も上手になったな。本当に薫子は、どこへ出しても恥ずかしくない私の娘だよ。まあ、難を言えば、言葉がまだ少しお転婆《てんば》だけれどね」

兼須衛はそう言うと機嫌よくワインを口に含んだ。

常用している薬があるためだろう、飲むのは本当にごくわずかだ。口を湿らせる程度に、あるいは香りを楽しむ程度にしか嗜《たしな》まない。

自分が飲まない分、薫子に飲むように身振りで勧める。

「ごめんなさい。気をつけます」

軽く頭を下げ、薫子はワイングラスに口をつけ、それから慎重にナイフとフォークを手に取った。言葉遣い以上に気をつけていないと、取り落としてしまうのだ。銀製のカトラリーは、ステンレス製のそれに比べてかなり重い。

最初の頃はそのことを知らず何気なく手に取っては取り落としたものだ。その後もしっかり握らないと、と思うあまり力が入ってしまい、持ち方が優雅ではないと萱野に何度もたしなめられた。

「ふむ。本当に綺麗に使うようになった。これも萱野の教育のおかげかね」

「恐れ入ります。しかし私の力というよりは、お嬢様の努力のたまものです。何をお教えしてもお嬢様は覚えが早く、感服しております」

軽く頭を下げながら言う萱野の口元には笑みが浮かんでいた。その顔のまま薫子を見つめて、目を細める。

とくん、と薫子の鼓動が跳ねた。

な、何？　私ったら、ちょっと微笑《ほほえ》みかけられたぐらいで、どうしてこんなにドキドキしてるの？　なんだか顔も熱い。

やだな。ばれていないかな？

顔は赤くなっても大丈夫。だってワインを飲んでいるし。

それでも、こちらに視線を向けている萱野には、全て気づかれているような気がした。おかげでその日のディナーは味がろくにわからなかった。

＊＊＊

懐かしいな、この広間……

薫子は、南からの陽光で眩《まぶ》しいほどに明るい東三条家の大広間を見渡した。

そういえば子供の頃もここでパーティーをしたっけ。どうして忘れていたのかな？　大人ばかりの集まりでつまらなかったから？

今は自分もその大人で、慣れないハイヒールを履いた姿でパーティーに参加している。胸には兼須衛に贈られたロイヤルブルーサファイアのネックレスが輝いていた。

でも、よかったぁ。

屋敷の厨房や料理人だけでは間に合わず、ケータリングの料理も並ぶテーブルの間を歩きながら薫子はほっとしていた。

お披露目のパーティーだと聞いていたから、仰々《ぎょうぎょう》しく紹介されるのかと思って朝からかなり緊張していた。だが実際は、兼須衛に連れられて、目ぼしい客に挨拶をして回っただけだ。

どこそこの会社の社長家族。あるいは議員一族。どの相手も立派な肩書を持つ人達ばかりで、紹介された家族の中にはもちろん、婿《むこ》候補と思われる独身の男性がいた。

兼須衛はその都度、薫子に彼の趣味は何々らしいと囁《ささや》いたり、右にいる長男よりも左の次男の方が誠実そうだなどと耳打ちしたりした。

だから一家庭の中に似たような年頃の男性が複数いても、誰が婿候補なのかはすごくわかりやすかった。相手もそれとなく知らされているのだろう。薫子と話したそうにしていたが、緊張していた薫子は挨拶するので精一杯だった。

今はその挨拶地獄から解放されている。

挨拶回りが一通り済むと、自分の出番は終わったとばかりに、兼須衛は自室で休むと言って引っ込んでしまった。体調が悪いのかと心配になり、付き添おうとしたが、「あとは若い人たちで、というやつだよ」と笑われてしまい、胸を撫《な》で下ろした。

けれど、自分から婿候補の誰かに声をかける勇気がなんとなく出なくて、適当に料理でも摘《つま》もうと料理テーブルを見て歩いていた。

「何かお取りしましょうか？」

不意に声をかけられ、薫子は慌てて声の主を見た。

さっき紹介された男性のうちの一人が、白い皿を手に薫子に近づいてくる。

「あ……。えっと……」

この場合、どうすればいいんだっけ？

薫子は広い会場の中、無意識に萱野の姿を求めて視線を彷徨《さまよ》わせた。

彼は会場の隅の目立たない場所で周囲に目を配っていた。いつもの執事服であるタキシードではなく、フロックコート姿だ。

パーティーと言ってもかしこまったものではないので、男性客は一般的なスーツばかりだ。バンケットスタッフはグレーのタキシード風の制服に身を包んでいる。一人だけスタッフとも違う萱野の姿は、客達に自分がこのバンケットの責任者であると一目でわかるようにしているのだ。

だから薫子が彼を見たところで気づいてくれない。酔いすぎている者はいないか、料理の交換のタイミングをどうするか、スタッフが粗相《そそう》をしないか、そういう所に意識を向けている。

だよね……

彼は私の執事でもあるけれど、元々この屋敷の執事なんだもんね……

なんとなくがっかりした気分を隠して、薫子は男性に手近なサーモンのアンティパストを取ってもらう。

「美大生なんだよね？　賞を取ったって聞いたけど」

皿を渡してくれた男性がそのまま薫子に話しかけてきた。

ええっと、この人は確か、小山《こやま》さんだったかな？

紹介された時に、さりげなく彼の趣味などを聞かされたはずだが、どこかの大学院生だったとしか相手のことを覚えていない。

「ええ。いただきましたけれど……。そんな大層な賞ではないんですよ」

「何それ？」

いきなり聞き覚えのある声が割って入ってきた。

声の正体は、誰よりも派手で真っ赤なワンピースを身にまとった岡江だった。

「え？　あれ？　岡江さん？」

なんでここに？　と言うより早く、岡江が小山の隣に並び、挑戦的な微笑を浮かべた。

「私、彼のいとこなの」

「あ、そうなんだ……」

言葉遣いに気をつけていたが、同じ学部の岡江の登場に驚き、すっかり素に戻ってしまう。

「それにしても橋本さんがお嬢様ねー。東三条の総帥が養女を迎えたって噂は聞いていたけれど、それがまさかあなたのことだったなんて……。あ、そうか、もう橋本さんじゃなくて、東三条さんね。それにしても大層な賞じゃないなんて、落選した私への嫌味？」

ここまで一息に言いきった岡江の隣で、小山は「おいおい」という感じで首を振っている。しかし、結局口は挟まず、二人のやりとりを好奇心丸出しの表情で見ているだけだ。

「そんなつもりじゃ……」

薫子は軽いため息を漏らす。

また同じような話題でつっかかられるなんて……それとも、あの日、萱野にクリーニング代のことかで馬鹿にされたから？

あれは実際、馬鹿にしきった態度だった。あんなことを言われたら、誰だって腹が立つだろうと薫子は思う。

いやいや、やっぱり私が彼女の好きだった先輩と付き合っていたから？　でもあれは、知ってて
そうしたわけじゃないのに……

いい加減にしてほしい。

学部は同じでも専攻が違うせいか、岡江と学内で顔を合わせることは滅多になく、学食での事件以降は直接話すこともなかったのだが。

「なら謙遜《けんそん》かー。さすが東三条のお嬢様ね」

さすがって何よ。それこそ嫌味に聞こえるんだけどっ。

声に出して言いたかったけれど、ここで彼女とやり合いたくない。何しろ今日のパーティーは、兼須衛が薫子のために開いてくれたものなのだ。

自分はともかく兼須衛の恥になることだけはするまいと、薫子はぐっと心を引き締める。

これ以上彼女と話していると、いずれ怒鳴りつけてしまいそうだ。適当な理由をつけてこの場は立ち去ろう。

そう決めて踵《きびす》を返しかけた時、腕を掴《つか》まれて引き戻される。いつの間にか小山はいなくなっていた。

「ちょっと待ちなさいよ」

もしかして酔ってるの？

さっきより彼女との距離が近くなったせいだろう。酒臭い息を微《かす》かに感じて、薫子は眉を顰《ひそ》めた。

どうしよう。面倒くさいなぁ、もうっ。

「ごめんなさい。あちらにもご挨拶に伺《うかが》わないと……」

とにかく早く立ち去ろうと、内心のイライラを抑えて薫子は無難に断ろうとした。

「あの執事が謝ってくれるなら、いなくなるけど」

岡江は薫子を行かせまいと、腕を掴んだ手に力を入れてくる。

「は？」

いきなり何を言い出すんだと、薫子は目を見開いた。

「彼に恥をかかされたのよ、私。だから謝ってもらわないと気が済まないの。あなたが主人なら、彼に言ってちょうだい。私に謝れって」

「何それっ」

思いがけず声が大きくなってしまい、薫子は慌てて口元を押さえた。

「本当はあなたにも謝ってもらいたいんだけど、今後のお付き合いを考えると、東三条のお嬢様に謝っていただくわけにもいかないし」

だからどういうことなのよそれっ！

今度は声に出さず、心の中で怒鳴る。

「あー、ごめんなさい。それを言うなら、執事にだって謝罪させられないか。その代わりと言ったらなんだけど、もしあなたが私に少しでも悪いと思っているのなら、ピアノでも一曲披露してくださらない？」

岡江はくすくすと笑う。その瞳には、なんとしてでも薫子に意趣返しをしてやるという色が浮かんでいた。

「え？」

ピアノって、本当にこの人は何を言い出すの？

呆れて薫子は何も言い返す気にもなれない。

「お嬢様なんだから、絵の他にも嗜《たしな》みは色々あるんじゃなくて？　ピアノが無理なら他の楽器。あるいは茶道、華道に香道《こうどう》とか。着つけもできるでしょう？　まさか何一つできないなんて言わないわよね」

そう言われると悔しいが、今挙げられたものでできるものは何もない。薫子にできるのは、絵を描くことだけだ。

まずいな。彼女、本当に私に恥をかかせるつもりだ……

ここでできないと正直に言えば、周囲に聞こえるような大声で、東三条のお嬢様なのに何もできないの？　と言うに違いない。

どうしよう？　謝罪だけしてこの場を去る？

でもそれだと尻尾を巻いて逃げるみたいでなんだか嫌だ。

その時――

「お飲物でもお持ちしましょうか？」

会場の隅にいたはずの萱野がすっと二人の間に入ってきた。

「岡江様でしたか。確かお嬢様の大学の食堂でお会いしましたね。あの時は大変失礼なことを申し上げました」

萱野は岡江に向かってさりげなく頭を下げる。

え？

薫子は目を瞬《またた》かせた。

岡江と話していたことが、離れた場所にいた萱野に聞こえたはずがない。なのに彼女にお詫びをしている。しかも間一髪のタイミングでだ。

会場全体に注意を配っていて、自分のことなど見ていないと思っていたのに、実はしっかり見ていてくれた……？

それが執事の仕事なのだろうと頭ではわかっているが、薫子は微《かす》かに感動した。

「あたりまえじゃないっ！」

岡江の声が高くなる。会場全体とまではいかないけれど、近くにいた客達の耳目《じもく》を集めるには充分な大きさを持っていた。

このままではまずい。

薫子の背に嫌な汗が流れ始めた。

岡江は萱野に謝らせた上で、薫子にも恥をかかせるつもりだったようだ。酔ってまともな判断ができないのかもしれないけれど、このやり方では、結局は岡江も恥をかくのではないだろうか。

しかし、兼須衛のことを考えれば、ここで妙な注目を浴びるわけにはいかない。

どうしよう。どうしたら？　よりによってなんでこのタイミングで現れるのよ。

さっきまでは見向きもしなかったのに……

薫子は数秒にも満たない短い間に、ぐるぐると頭を悩ませた。

「だいたいっ……」

「岡江様」

さらに大きな声で叫び出しそうになった岡江の目の前に、萱野は自分の白いチーフをすっと差し出した。

「えっ……」

萱野が取った行動に気勢を削がれたのか、岡江の声が窄《しぼ》んだ。

「わずかではございますが、先ほど口になされたガトーサーモンのせいでしょうか、ルージュが滲《にじ》んではみ出しておりますよ。お直しをと思いまして……。どうぞこれをお使いください」

「ガトーサーモンって、なんで私がそれを食べていたのを……」

岡江が目をパチクリさせている。薫子もだ。

さっきまで彼女の中にあったであろう怒りや復讐心めいたものが、驚きで抜け落ちたようだ。

「それはもちろん。岡江様がお綺麗でしたので、つい……」

そんな歯が浮くような見え見えのお世辞を言う萱野に薫子はぽかんと口を開けてしまった。

「だからって、いきなり失礼でしょう」

しかし岡江はまんざらでもなさそうで、顔をやや赤く染めている。

「はい。大学でのことは本当に失礼いたしました。あの時は、執事としての仕事を忠実にこなそうと思うあまり、無礼を働きました。私の不徳の致すところでございます」

萱野は眉を少し寄せて恥じ入るように笑う。それがひどく男の色気に溢れていて、岡江の萱野を見る目つきが変わった。

「そ、そう。反省しているならいいのよ」

「お許しいただき幸いです」

会釈をし、萱野は岡江にワイングラスを渡す。それからもう一度お辞儀をして、元の場所に戻っていった。

「彼、素敵ね」

ぽうっとした顔で萱野を見送りながら岡江が呟《つぶや》く。

「は？」

思わず聞き返すと、岡江はばつが悪そうに薫子を無視して立ち去っていく。

周囲はもう誰も薫子達を見ていない。騒ぎにならずに済んだのだ。

しかし薫子はなんだかもやもやした気分を抱えていた。

露骨なお世辞と、萱野の微笑《ほほえ》みで気が済んでしまう岡江も岡江だが、それを平気でこなす萱野も萱野だ。

なんなのまったく……

いや、岡江が何を食べていたかまで見ていたのが、なんとなく気に入らない。

それに結局、岡江に謝罪した。学食での彼の態度は岡江を怒らせても仕方なかったと思う。でもやっぱり、萱野が頭を下げるのはなんだか納得がいかない。

それでも、何もできなかった自分を萱野が助けてくれたのは事実だ。

薫子のことを見ていたのも——おそらく会場にいる客全員の様子を見ていたのだろうが——それ

が彼の仕事だといえばそれまでだけれど、感謝しなければならない。

でも、仕事だからなんだよね……

ふと寂しい気持ちになり、持ち場に戻った萱野を見つめる。

ちょうど客との話が終わったのか、相手に向かって軽く会釈をしたところだった。その姿を見て、薫子はあっと声を上げそうになった。

そういえば彼はお辞儀しかしなかった。思い返してみれば、岡江に『失礼しました』とは言ったけれど『申し訳ありません』とは一言も言っていない。

本当の意味では謝罪していなかったんだと改めて気づく。

そうしなかったのは彼のプライド？　それとも私が納得していないことに気づいたから？

そんなことばかり考えていたので、その後の婿《むこ》候補達との会話は、ちっとも弾まなかった。

それにさりげなく彼らに腕や肩を触れられて、煩《わずら》わしくて仕方なかった。

なんだか気持ち悪いのだ。ほろ酔い加減で顔を近づけて話してくる男の息がかかるのも、たまらなく嫌だった。

萱野に触れられても、顔を近づけられても、ちっとも嫌じゃないのに。触れられたり顔を近づけられる以上の恥ずかしいことだってしているのに……

「どうかした？　僕の話楽しくない？」

いつの間にか岡江のいとこだという小山とまた一緒になっていて、彼が唐突に薫子の耳元で囁《ささや》いた。ちなみに、唐突と感じたのは、薫子が小山の話を上の空で聞いていたからだ。

そのとたん薫子の首筋から背にかけてぞわっと鳥肌が立つ。

「いえ、そんなことは……」

薫子は引きつった笑みを浮かべる。

楽しくないも何も、聞いていなかったのだからなんとも言えない。どこかへ留学した時の自慢話や、「いとことはいえ、あいつはプライドが高くて付き合いづらい」といった岡江の悪口めいた話だったような気もするけれど、よくは覚えていなかった。

萱野だったらそんなことないのに……。きっと初対面の相手でも楽しい会話をしてくれる。

「本当に？」

小山は薫子の肩に手を置き、さらに顔を近づけてきた。

最悪。この男もうどっかへ行ってくれないかな。やたらとスキンシップばかりしてくるし。

婿候補の中でも、目の前にいる小山が一番嫌だと結論づけながら、薫子はなかなか収まらない鳥肌をなんとかしようと自分の腕をさする。

岡江の時のように萱野が助けにきてくれないかと視線を向けるが、彼は涼しい顔をして、会場全体を見ているだけだ。

ああやって、あっちこっちに目を光らせているのよね。何かあったら、さっきみたいにフォローしようとしてるんだわ。

なのにこちらの窮状《きゅうじょう》は見て見ぬふりなのかと、薫子はがっかりする。

「それでね、薫子さん」

「え、あ、はい」

強引に振り向かせ、小山は話の続きをする。

萱野だったら、もっと私の気持ちを考えてくれるのに……

そう、意外だったが夜の教育でも、萱野は薫子が本当にできないと思ったことはしない。いや、薫子が嫌がるのがわかるのか、そういうことはそもそもさせようとしない。意地悪な態度とは裏腹に、決して無理強いはしないのだ。

「ふう……。なんか僕、フラれちゃってるのかな？　薫子さん、どこか心ここにあらずだし。ひょっとして他に気になった人でもいた？」

大げさにため息をついて、小山は苦笑する。

ようやく会話に嫌気が差していることに気づいてくれたかと薫子はほっとしたが、思いがけなく核心をつかれ、どきりとする。

そういえば私、さっきから萱野のことばかり気にしてる。どの人としゃべっても、萱野と比べてる。

その萱野を探して会場を見回すと、ちょうど岡江と何かを話しているところだった。

瞬間、チクリと薫子の心に痛みが走る。

「どうかした？　っていうか、やっぱり誰か気になる人がいるんだね」

「え？」

薫子は慌てて首を振る。

「そ、そんなことは……。あ、そうだ。何か飲み物お持ちしましょうか？」

小山と距離を取りたくてそう言ったのだが、その場を離れた薫子の後に彼までついてくる。

「あ、飲み物はいいや。それより、このお屋敷の庭を少し案内してくれないかな？」

「え、あ、はい……」

どうしようと思って萱野を見ると、まだ岡江と会話中だ。ひどく面白くない気分になった薫子は、テラスを降りて小山を案内することにした。

そして、あっちが見たい、あれはなんだと小山に聞かれるままに歩き回っていた。気づけばホールのテラスどころか、母屋の影すら見えない場所に出てしまっていた。

えっと、ここからどう帰るんだっけ？

子供の頃は頻繁《ひんぱん》に訪れた屋敷だったが、この広い屋敷には薫子の知らない場所がまだまだある。庭だってそうだ。

目の前に広がる日本庭園風の場所が、屋敷のどこにあるのかもわからない。

「あの……。そろそろ戻りませんか？」

これ以上先に進むと、敷き詰められた砂利《じゃり》を踏んで歩かなければならない。慣れないヒールでそんな場所を歩きたくなくて申し出たのだが、小山はうんと言わなかった。

「疲れた？　だったらあそこに東屋《あずまや》があるし、ちょっと休んでいこう」

しかもそんなことまで言い出して、薫子の手をぐいぐい引っ張った。

「あ……！」

砂利にヒールが取られ、よろけてしまう。同時に右足首に軽い痛みが走った。

「ん？　あ、足？」

東屋の腰掛けに薫子を座らせると、小山はいきなり屈《かが》み込み、薫子の靴を有無を言わさぬ勢いで脱がした。

「きゃっ、何っ」

「足が痛いんでしょ？　診《み》てあげる」

小山の手が足首に触れた。ストッキング越しなのに、彼の手の平の感触が気持ち悪い。触れられた場所からさっと鳥肌が立った。

「だ、大丈夫です。平気だからっ」

薫子は無事な左足で、小山を思わず蹴りつけていた。

「おっと……」

意外に反射神経がいいのか、小山はさっと身をかわす。

「薫子さん、けっこう乱暴だね」

乱暴なのはどっち？　いきなり靴を脱がせるほうが乱暴じゃないのっ。

怒りのあまり、薫子は拳《こぶし》をぎゅっと握り込んだ。

「でも、東三条のお嬢様であることには変わりないし……」

何が言いたいんだろう、この人は？

とにかく早くこの男と別れて屋敷に戻りたい。足の痛みを我慢して腰を浮かそうとするが、それより早く小山が隣に腰かけてきて、薫子の顔を覗《のぞ》き込んだ。

「ところでさ、さっきの話だけど、他の人に声をかけないんなら、僕にしようよ。とりあえずキスから始めてみない？」

「え？」

小山に顎《あご》を掴《つか》まれた。驚いて固まってしまい、顔を背けるのが一瞬遅れたのだ。

薫子の背に冷や汗が伝う。小山の唇が近づいてくる。

——助けて、萱野っ!!

目を瞑《つぶ》ることも逃げることもできずに、心の中で薫子が叫んだ時……

「こちらでしたか」

萱野の声がした。

彼に助けてもらいたいと思うあまり空耳が聞こえたのかと思ったが、焦点が合わなくなるくらい薫子に近づいていた小山の顔が引きつり、さっと身を離す。

「小山様、楽しくお語らいのところ申し訳ございませんが、あまり主役が不在にしておりますのもよろしくありませんので、そろそろお嬢様をお返し願えますでしょうか」

静かに、そして冷たく微笑《ほほえ》み、萱野は深々と頭を下げた。

「ん、ああ……。そうだよね。つい、こちらの屋敷の庭が珍しくて……」

小山はばつが悪そうな表情を浮かべ、さっと立ち上がるとへらっと笑う。

「んーと。とりあえずまたの機会に。じゃ……」

肩を竦《すく》めて踵《きびす》を返すと、小山は逃げるように走り去った。

「萱野……」

薫子の涙腺が緩《ゆる》む。ほっとしたのと、萱野が自分の声が届いたかのような現れ方をしたからだ。

「お探しいたしました。本当に……」

萱野は薫子の涙に気づいたのかそうでないのか、ただ眉を顰《ひそ》め、深い息を落とした。

「会場を出られる際は、一言声をかけていただかないと困ります」

声が硬かった。なんだかひどく機嫌が悪そうにも見える。

「声って……、私……」

かけようとしたけれど、岡江さんとしゃべっていたじゃない。そう続けようとした瞬間、足首に痛みが走った。

「痛っ……」

右足首に思わず手が伸びる。

「お嬢様？　どうされました？　おみ足を痛められたのですか？」

萱野が足首に触れてきた。そこから鳥肌が立ったが、それは小山に触れられた時とは正反対の感触のせいだ。

さっきは気持ち悪くて仕方なかったのに、今は気持ちがいい。

「ありがとう萱野、来てくれて……。あの、足なら大したことないから」

これ以上触れられていると全身が熱くなってしまう。芯に蜜が溜まってきているような錯覚を覚えて、薫子は足を引っ込めようとした。

「自己判断はやめていただきたい」

「え……」

その言い方が小山を相手にしていた時よりも硬く冷たく感じられて、薫子は戸惑う。

そういえば、さっきから目を合わせてくれない……

「あの……。怒っているの？」

「はい？　なんのことでしょうか？」

その言い方を聞いて、やっぱり怒っているんだと感じたが、理由がよくわからない。パーティーの主役が長時間席を外してしまったからだろうか。席を外すと萱野に伝えそびれたからだろうか。

「ひとまず戻って、足の手当てをいたしましょう」

萱野は薫子に背を向けて屈み込んだ。おぶされということなのだろう。

彼の背中はこわばっており、まだ怒っているように見えたけれど、薫子はおずおずと両腕を彼の肩にかけた。

＊＊＊

白いワトソン紙に青い色が一点滲《にじ》んでいく。

薫子はこの瞬間が好きだ。厚めの水彩紙に一番最初に色をつけるのはたまらなく気持ちがいい。

それを人に言うと、じゃあ何故油絵専攻にしたの？　と聞かれるが、それは水彩絵の具が滲《にじ》むのを見るよりも、さらに油絵の具を溶くためのテレピン油の匂いが好きだからだ。

昼のパーティーの疲れはまだ残っていたけれど、幸い足の怪我は大したことはなく、冷やしてもらったおかげかもう痛みも感じない。薫子は気分転換に水彩課題の続きに取りかかっていた。

兼須衛はパーティーに疲れたと言って、夕食もとらず自室で休んでいる。それが気がかりだったため、薫子も夕食はそこそこに、兼須家を見舞って部屋に引き上げてきた。

加えて、昼間の萱野の様子が気になって仕方ない。怪我の手当てをしている時も萱野はほとんど口を利いてくれなかったのだ。夕食の席で思わず、なんで怒っているの？　と聞いてしまいそうになったけれど、そんなことをすれば余計に機嫌が悪くなりそうだった。

こうして無心で絵を描いていると、そんなもやもやした気持ちや苛立ちなど忘れられる。

忘れられるはずなのに……

今夜も萱野は来るだろう。体調などの理由で彼の教育を受けたくない時は、朝にその旨を伝えておく約束になっていた。萱野も律儀に大丈夫かと毎朝必ず聞いてくる。

でも、本当に来るかな？　今日は足を怪我したし……

絵筆を取りながらも、ふと気づけば萱野のことを考えてしまう。

しかし、次第に描くのに夢中になり、薫子はつい時間を忘れた。

「おや、丸亀池《まるがめいけ》ですか」

だから不意に背後で声がした時、筆を取り落としそうになった。

「きゃっ。びっくりさせないでよ」

「お言葉ですが、ノックはいたしましたし、何度もお声をかけました」

まだ怒っているのか、萱野は眉を少しつり上げた。

「え、あの、わかってるって……。じゃなくて、わかっているわ」

話し方が乱暴だとお小言を言われてはたまらないと、薫子は途中で言い直す。

「怒っているわけではないの。ただ絵に夢中になっていたから、びっくりしただけよ」

それに怒っているのは萱野の方よね。と心の中で付け加える。

「左様でございますか……。ところで、その絵の池にはボートが浮かんでおりますね」

薫子の心中の葛藤《かっとう》を知ってか知らずか、萱野は一度深呼吸して声を出した。

「え？　あ、うん……」

ここは話題に乗った方がよさそうだと薫子は頷《うなず》く。

今描いていたのは、屋敷から子供の足で三十分ほどのところにある公園の風景だった。手前に手漕《こ》ぎボートの浮かぶ池。背景は薫子の好きな空と木々。

「……子供の頃に行ったなーって。風景画ならなんでもいいって課題だったから、思い出しながら描いてたの」

「思い出しながら……ですか。だからボートが浮かんでいるのですね。実は、今はこのボートはないのです。お嬢様たちご家族がお屋敷に最後にいらした翌年、廃止されまして……」

萱野は薫子の絵をしみじみと眺《なが》める。

「そうなんだってね。この間、山瀬《やませ》さんから聞いた。ボート楽しかったのにな」

山瀬とは、薫子が子供の頃から東三条の屋敷にいる運転手だ。

大学の送り迎えに萱野はついてこない。それをいいことに、薫子はいつも山瀬と気取らないおしゃべりを楽しんでいた。

「ボートですか……」

くすりと何かを思い出したように萱野は笑った。

「確かお嬢様は、そのボートの上でいきなり立ち上がってしまわれて、池に落ちて大騒ぎに……」

「そうそう。だって、ものすごく大きな鯉《こい》がいてね、あれ絶対、池の主《ぬし》だって……、あれ？　なんでその話知っているの？　それに、この絵が丸亀池ってわかったのはどうして？」

薫子は首を傾げた。

萱野は大学を出てからこの屋敷で働いていると言っていた。その彼が何故そんな昔話を知っているのだろう。

そもそも、描いている途中の絵を見てすぐに丸亀池だと気づくなんて、まるで彼もここをよく知っているみたいだ。

「それは、私が地元の人間だからですよ」

「あ、そうなんだ」

これも山瀬から聞いた話だが、町では東三条にとんでもないお騒がせなお嬢ちゃんがいると、一時期噂になっていたらしい。

薫子は恥ずかしくなって顔を伏せる。

屋敷から一人で勝手に出歩いて迷子になる。朝から公園へ行って何時間も絵を描き続けている。

その時はあまりにも帰りが遅いので、地元の人たちの手を借りて捜索してもらった末に、誘拐されたのではと、あと一歩で警察に届け出るところまで行った。実際に、変な男について行きそうになったこともあるらしい。

そんなことばかりしていたため、地元ではすっかり有名になっていたという話だ。

その話も山瀬から聞いたのだが、薫子の記憶はやはり曖昧《あいまい》で、自分がそんなに周囲に迷惑をかけていたなんて驚くばかりだった。

でも……

確かにいつも誰かしらが心配そうに迎えに来ていたし、一緒についてきてくれた。

それは山瀬だったり家政婦だったり、時には……

時には……

あれはとっくん?

ふと、昔の光景に男の子の顔が浮かぶ。

彼が何度も迎えに来てくれたような記憶がある。薫子が無理矢理外に引っ張り出すので、困らせた覚えもある。

とっくんだよね……。でもなんだか顔が……

記憶の中のとっくんの顔と、居間の写真で見た子供の頃のとっくんの顔が一致しなくなっている。

「……。またとっくんですか」

ため息混じりの萱野の声がして、薫子は現実に戻された。

「え？」

どうやら無意識に呟《つぶや》いていたらしい。

「最近その名前を聞かなくなったと思いましたのに」

萱野の口調が少しきつくなる。顔も昼間以上に不機嫌だ。

「先ほど婿《むこ》候補の方とお会いしたばかりだというのに、また別の男性の思い出に浸《ひた》っていたのですか？　呆れますね」

その言い方にかちんときて、薫子は持っていた筆を握りしめた。

「はいいっ？　そういう萱野こそ、岡江さんにずいぶんとお優しかったこと」

「優しい？　私はお嬢様をお助けしようと、執事としてあの場でできる精一杯の対応をさせていただいたまでです」

しれっと言う萱野が憎らしい。それにやはり、薫子のためではなく執事としてやったことなのかと、なんだかがっかりもする。

「色目を使うことが執事の仕事なわけ？」

萱野のことを素敵ね、と言っていた岡江の顔と、二人が何かを話していた光景が脳裏にちらついて、薫子はもやもやが再燃してきた。

「色目？　私が色目を使ったとおっしゃるのですか？」

心外だと言わんばかりに萱野は首を振る。

「そ、そうよ。それに綺麗だとかってやたら褒《ほ》めてたし、あんな嘘までついて彼女の怒りを収めなくても……」

違う。岡江の怒りを収めてもらったのはとてもありがたい。本当は感謝しているのだ。あの場合、ああでも言って彼女の気持ちを逸《そ》らさなければいけなかっただろうから。

それでも萱野を責めてしまうのは……

私、まるで嫉妬《しっと》しているみたい。

「嘘などついておりませんが」

「え？　あんなの嘘でしょ。背筋がぞわぞわするようなお世辞なんて」

今思い出しても鳥肌が立ちそうだ。彼女に向けた微笑《ほほえ》みだって、作り物めいていて気持ち悪い。

「お世辞など……。私は嘘をつかないと前に申し上げたはずです。学食でお見かけした時よりお綺麗でしたから、そう言っただけです」

「綺麗って……」

「はい。お綺麗でしたよ。ただし私の好みではありませんが。一般的には綺麗な部類だと思いましたので、そう言ったまでにございます」

「好みじゃない？」

それを聞いて薫子はほっとするどころか、腹が立ってきた。

「好みでもなくて、ただ単に一般的に見て綺麗な部類？　だから嘘はついていないと？」

「はい」

「ふーん。男の人って自分の好みの相手でなくても、美人には目がないのね」

なんでこんなに面白くないの？

やはりこれは嫉妬なのだろうかと、萱野に文句を言いながら薫子は自分の気持ちを持て余していた。

「お嬢様が何をおっしゃりたいのかわかりかねますが……」

気分を害したのか、萱野は微《かす》かに片方の眉を上げた。

萱野はいつも感情の見えない澄ました顔をしている。この屋敷に来た当初、薫子は萱野が何を考えているのか、感じているのか全くわからず戸惑った。だが、今はなんとなくわかる。

わかったところで何ができるわけでもないのだが。

「そのようにおっしゃるお嬢様ご自身はどうなのでしょうか？」

「え？」

「小山様と随分親密なご様子でしたが？　パーティーの主役であるというご自身の立場も忘れて長々と席を外されるなど、いくらお話が弾んだといっても、いただけない行為です」

「ちょ、ちょっと待って。あれは、彼に庭を案内してくれって言われて……。だいたい私は、萱野に声をかけようとしたのよ。なのに、あなたは岡江さんとずっと話しているから……」

「それは……」

萱野の目が大きく見開かれ、それからそっと伏せられた。

「失礼いたしました。申し訳ございません」

「そうよ、萱野が……萱野がっ……」

だから、キスなんてされそうになって……

「なんでもっと早く来てくれなかったの？　岡江さんとの話の方が重要だった？」

きっと重要だったのだろう。

でなければ納得できない。

「萱野がもっと早く来てくれれば、私……。……だいたい私は、お婿《むこ》さんを選ぶ必要があるのよ。一生を共にする相手を探すんだから、話をするくらい当たり前でしょう。庭だって、案内してくれと言われれば案内するわよっ」

何を言っているんだろう私は。これではまるで、岡江と話していた萱野に嫉妬しているみたい。いや、実際そうなのだろう。

嫉妬して腹を立てて怒鳴っている。今の状態はそれ以外の何ものでもない。

苛々《いらいら》を収めたくて、薫子はおろし立ての絵筆を水入れの一つに突っ込み、乱暴に水をかき混ぜる。

まだ使っていなかった水だから、ただ泡立つだけだ。

それでも薫子の苛立ちは収まらない。それどころか不快だった小山との会話まで思い出してしまう。

彼から助けてくれたのは萱野だけれど、もっと早く来てくれれば足を挫《くじ》くことだってなかったし、その足を小山に触られることもなかったのに。

しかし、岡江と話していても隅々にまで目を配っていたからこそ、萱野は薫子の姿が見えないことに気づいたのだろう。

そこまでわかっているのに、眼裏《まなうら》に岡江と楽しげに話していた萱野の顔がちらついて、気分が収まらなかった。

「……そうですね。本日の催《もよお》しの趣旨がお嬢様の婿《むこ》をお選びするものであることを、私は失念しておりました」

ふっと薫子から視線をはずし、萱野はどこか苦しそうな顔つきになる。

「それで、小山様はお気に召されましたか？」

「そ、そうね。それなりに」

何故か嘘をついてしまう。

「おや？　では、あの時私はお邪魔をしてしまったのですね。声をかけずにおりましたら、お嬢様は小山様と……」

「何が言いたいのっ！」

筆を水に大きく叩きつけた。

飛沫《しぶき》が上がり、萱野の顔にまで散る。

「わ、私が誰と、キ……スしようと、執事のあなたには関係ないでしょ！」

なんだか悔しくて、あえて冷たい調子で言うと、明らかに萱野の顔色が変わった。

「そうですか。……しかし、私はお嬢様の教育係でもございますので、この件に関しましては関係がないとは申せません。それに小山様とのこと、真にお嬢様のご意思なら、それはそれでよろしいのですが、もしそうでないとおっしゃるならば、そのような事態を招いた責任はお嬢様ご自身にもございますね……」

本心から言っているのではないと、萱野は見抜いているのだろう。回りくどい言い方で責めるように言われて薫子は面白くない。

「ですから意に染まぬ方に隙を見せないよう、私がしっかりとお仕置き……、いえ、ご教育しないと……」

どういうことだと眉を顰《ひそ》めると、唐突に腕を引かれた。握り続けていた筆が薫子の手から落ちる。

「痛い。何っ？」

「舐めてください」

「え？」

「私の顔についた水を」

薫子の腕をきつく握ったまま、萱野は薫子に顔を近づけてきた。

「なんでそんなことを？」

自分を見る萱野の目の色が暗くて怖い。自然と聞き返す声が震えた。

「選んだ男性がどのような性癖をお持ちでも、あなたは妻としてきちんと夜のお相手ができなければいけません」

「それがどう……」

「おわかりになりませんか？　私の事前の調査では、小山様は相当の女性好きで、毎晩違う方とお過ごしだと……。そのような方ですから、飽《あ》きられてしまわないような夜の営《いとな》みをいたしませんと」

「そんな……。私、小山さんなんて……」

本当は嫌い、と言いかけた薫子の唇を萱野は抓《つま》んできた。ぎゅっと下唇を引っ張られて、痛くて続きの言葉を口にできない。代わりに力いっぱい首を横に振る。

「おや？　本当はお嫌いだと？」

コクコクと頷《うなず》く。

変なところで反発して嘘をついてしまった後悔がひしひしと押し寄せてくる。

「でしたら、何故そのような嘘を？」

薫子自身の口から答えさせようとしたのか、すっと萱野の手が離れた。

ひりひりと痛む下唇をひと舐めして、薫子は目にいっぱい涙を浮かべながら口を開いた。

「だって……、萱野は岡江さんと話してたし、私、本当は小山さんと庭になんて出たくなかったのに……」

声が震える。泣きじゃくりたくなる。

「私が岡江様と会話をしていたために、お二人が出て行かれるのを見過ごしたとでもお思いか」

執事としての能力を疑うような発言だったから怒ったのだろう。萱野の声が高くなり、薫子の身体を押し倒す。

「きゃっ」

いきなり床に押さえつけられる格好になって薫子は驚く。

「誰と話をしていても、他のお客様に目を配りながらも、私はお嬢様だけを……。お嬢様だけをっ……!!」

文句も抵抗も忘れて、薫子は呆然と彼を見上げた。

「あなたは……。本当に隙だらけだ。今もやすやすと私に組み敷かれている」

「な、何を……?」

萱野相手に隙を見せるも何もないのではと思うが、それをうまく言葉にできない。

「さあ。お舐めなさい」

頬についた水を拭い、萱野は濡れた指で薫子の唇をなぞる。

「直接私の顔を舐めるのがお嫌なのでしょう? せめてこの指を舐めて綺麗にしてくださいませ」

なんで? どうしてそうなるの?

薫子は混乱する。

「嫌だと申されても駄目ですよ。これはお仕置きです」

「お、お仕置き?」

教育ではなくて、お仕置き?

さらに混乱していると、また指で唇をなぞられた。

「ん……」

無意識に避けようとしたけれど、指が口腔《こうこう》に入ってくる方が早い。柔らかい唇の裏に軽く爪を立てたかと思うと、あっという間に舌の半《なか》ばまで進められてしまう。

ぞくっと、薫子の肌に鳥肌が立つ。

しかしそれは決して嫌悪から来るものではない。何故なら……

腰の奥に鈍い甘さが広がり、熱くなった。

どうして？

こんなに乱暴にされて、嫌だと思っているはずなのに……？

薫子は自分の身体の反応にうろたえる。

これはきっと条件反射。いつも萱野に触れられていたから。

そう考えようとしたけれど、その考えすら、彼がもたらす悦《よろこ》びの前では簡単に散っていく。

萱野の指に舌を絡《から》め、自分の唾液をたっぷりと絡めてしまう。

彼が指を抜いた時にはすっかりのぼせ上がって、薫子はぐったりと身体を床に投げ出した。

「よくできました」

いつものように褒《ほ》めてくれたけれど、萱野はにこりともしない。

それが寂しい。自分に隙があったと認めて、岡江とのことを謝れば、また微笑《ほほえ》んでくれるだろうか。

そう思ったが、もう遅いとか、やっぱり萱野がいけないんだとか、ぐるぐると思考がまとまらなくなってきて、何も言えなくなってしまった。

その間に萱野は薫子の着ていたトレーナーを捲《めく》り上げる。ジャージを下着ごと引き下ろし、なんの前触れもなく、薫子の中心に指を潜り込ませてきた。

「ひっ」

びくん、と薫子の身体が跳ね上がる。

「おや。もう濡れていますね」

薫子の中で萱野の指がぐるりと回った。

「んっ、はっ……」

それだけで、蜜が奥から溢《あふ》れ出るのがわかって、薫子は慌てて腰を引こうとする。

しかし、足に絡んだジャージや、半端《はんぱ》に脱がされて首回りにまとわりつくトレーナーのせいでまともに身動きが取れない。

しかも、薫子が逃げようとした動きを利用した萱野が、指を中で曲げてくるのでたまらなくなる。

「あ、ひぅっ……」

曲げられた指が、薫子の一番感じる部分に強く当たる。

強烈な刺激にもがいて手で床を引っ掻《か》いた。その拍子に、落とした筆に手が当たる。筆はそのまま萱野の足元に転がり、彼は空いている手でそれを拾った。

「私の趣味ではないのですが……」

薫子の中に片手の指を残したまま呟《つぶや》き、萱野は拾った筆で薫子の乳首を撫《な》で上げてきた。

「な、やっ……。そんな……の……」

人の手で触られるのならまだしも、水で濡れた筆でなんて、まるで遊ばれているみたいで嫌だ。

そう思うのに、むず痒《がゆ》い快感が走って薫子は涙ぐむ。

濡れた筆の毛になぞられた場所から、ぷつぷつと鳥肌が立つ。濡れた直後に触れる空気がひやりと冷たくて、背中がぞくぞくする。

「あっ……。ふっ……」

ぞわっとした感触は、あっという間に甘い熱を持ったそれに変わり、薫子を蕩《とろ》けさせた。

どうして。嫌なのに……。やだ、私……。やだ……

こんな自分も萱野も嫌いだ。

「お気に召していただいたようですね。慎《つつ》ましかった乳首がぷっくりと膨《ふく》らんできました」

「や！　言わないで！」

両手を上げて筆を奪おうとしたが、さっとかわされ、筆は乳首から臍《へそ》、足の間にまで一気に下ろされた。

「駄目、だっ……」

薫子の抵抗などなかったように筆は中心めがけて滑り、下生《したば》えの中で埋もれていた突起を探り当てた。

その間も、指は薫子の中に埋められたままだからたまらない。

筆先で突かれるとあっという間に乳首以上に膨らんできて、突出した芽の下にある肉花の中の指をじわりと締めつけていく。

わずかに開いた指と肉襞の間から蜜が滲む。

「あ、あぁぁ」

身体が火照る。全身の力が抜ける。

筆が零れた蜜を掬《すく》うように動く。さらに、わざと焦らすように指をぎりぎりまで抜かれ、薫子の身体は暴走し始めた。

息が短くしかつけず、拒絶の声すらただの喘《あえ》ぎ声に変わってしまう。

「筆が……。たっぷりと何かを含んでおりますよ。お嬢様……」

聞きたくもない、いやらしい台詞《せりふ》が飛び込んでくる。けれどそれすら気持ち快《よ》さにつながって、いつしか薫子は自ら腰を突き出すように動いていた。

そのタイミングで、筆が突起の方に戻ってくる。

「っあっふっ……」

軽く毛先で突かれただけなのに、薫子は掠れた声を上げ、腰を大きく上下させた。

そのリズムに合わせ、潤《うる》みきった肉壺の中で萱野の指が動く。何度も細かく擦《こす》られて、甘い痺《しび》れが薫子の頭の中まで満ちる。

「じゅぷじゅぷと音がしていますが、聞こえていらっしゃいますか、お嬢様？」

やめて、そんなこと言わないでっ！

薫子は必死に叫ぶが、それが心の中だけの声になっているのにも気づけない。

自分では大声で訴えているつもりなのだ。

「ああ……。そうか……」

筆が下に向かって動く、指が挿入《はい》ったままの蜜口を目指している。

「んんんっ……。やっ……」

萱野の指は栓の役割を果たさない。そこへさらに筆の毛先一本一本の柔らかさや長さを感じて、中のものがとろとろと零れ出てくる。筆がその水分を吸っていく感触すらわかって、薫子は太腿を突っ張らせた。

「ほら、筆が……」

萱野が筆を薫子の目の前に突きつけた。

「あなたのいやらしい汁を吸ってしまっています。せっかくの新品でしたのに、もう使い物になりませんね。ああ、そうだ。今度はお嬢様の好きな空色のローションを買って参りましょうか？　それを筆につけるとよさそうですね。青は……、私も好きな色ですし……」

薫子の蜜を含んで濡れた筆が、ねっとりと光っていた。

べったりと萱野の指や筆の握りに愛液が絡《から》みついているのが見えて、薫子は思わず目を背けた。

「ご自分の身体から出た蜜ですよ。ご覧にならないのですか？」

わざとらしいため息とともに、筆が放り出される音がした。続いてジッという金属的な音。

不思議に思って背けていた目を戻すと、萱野が自身のファスナーを下ろすところだった。が、服は一切脱がず、前から自分の物だけを取り出す。

「握ってください」

すでに硬く勃《た》ち上がったそれを、萱野は薫子の掌《てのひら》に押しつける。

びっくりしすぎて目の前を凝視してしまっていた薫子だが、慌てて視線を逸《そ》らして、手を引っ込めようとした。

ずっと見ていることすらできないのに、握るだなんてとんでもない。

だが、それを見透《みす》かしたように、彼の指は薫子の中心で指をくねらせて動きを封じる。

「あ、あああぁっ」

薫子の喘《あえ》ぎ声が一際《ひときわ》大きくなる。引っ込めかけた掌が大きく開き、そこに萱野のモノがさらに強く押し当てられた。

「熱っ……」

萱野の欲棒の熱さに驚いて、薫子は彼の顔を思わず見上げた。

「……っ」

目が合った瞬間、萱野は辛そうに眉を寄せた。

どうして？

彼の表情に薫子も眉を寄せる。

こんなことをされて辛いのは私の方なのに……。なんで彼が……

「これまで、お嬢様の感度を高める教育ばかり行って参りましたが……。お嬢様ご自身で男性を喜ばせる方法をお教えするのを失念しておりました」

萱野はふいっと薫子から目を逸らすと、早口でそう告げ、熱くぬめる切っ先を擦りつける。

その先端の小さな穴からとろりとした蜜が滲《にじ》み出してきて、薫子の掌《てのひら》をあっという間に濡らしていく。

「ほら、ちゃんと握って、扱《しご》いてください。お嬢様ならおできになるでしょう」

嫌だ。やりたくないし、できない。

なのに……

萱野のモノから目が離せなかった。

「そんなに……っ、見つめられますと……」

とろりとしたものがまた彼の先端から滲み出て、薫子の見ている前で一回り大きくなってしまった。

「さすが……。お嬢様です。……ふっ」

萱野の声が甘く掠れていた。

こんな彼の声は聞いたことがないと薫子は混乱する。

「ただ見つめるだけで、こんなにも私を気持ち快くさせられるなど……」

「なっ……」

その台詞に、薫子は全身を赤く染めた。

「ああ、……。お仕置きとはいえ、私ばかりでは……」

萱野は悩ましげな息を漏らしながらも、薫子の身体を責めるのを忘れない。

さっきよりも激しく指を突き立て、萱野は親指の腹で茂みの中の突起を押し潰してきた。

薫子のものか、それとも萱野のものなのか、湿った音が大きくなり、部屋中に響く。

床にまで散った露のせいで、薫子の尻の下はぐっしょりと濡れている。

押し潰され、爪で引っ掻《か》かれる度に蜜筒《みつづつ》がきゅっと締まり、萱野の指を締めつける。その度《たび》に、自分でもわかるくらい熱い物が奥から大量に溢《あふ》れ、水音が激しく響いた。それはつうっと尻の方に流れ、床にまで広がって行く。

甘くて苦しい。痛いくらいの快感が、何度も何度も薫子を襲う。指の抜き差しに合わせて綻びきった花弁が蜜をまといながら捲《めく》れ上がっては、絡《から》みついた。

「うん……。ふっううっ」

欲棒を手に押し当てられているのが嫌だったのに、今はそれすら薫子を甘く泣かせる道具になっている。

こんなの変だと思うのに求めてしまう。

目を瞑《つぶ》り快感だけを追い求めてしまう。

「ああ……」

萱野が気持ち快さそうに呻く。

「お上手です……よ。お嬢様……。ご褒美《ほうび》を差し上げないといけませんね……」

その言葉と同時に、彼の長い指がぐっと薫子の奥の奥まで到達した。より激しく動かされ、薫子は小刻みに上り詰める。

「んんんっ！」

嫌悪や理不尽さが一瞬にして吹き飛び、気持ち快さに全身を粟立《あわだ》たせながら薫子はのけぞった。

喉の奥から悲鳴に近い喘《あえ》ぎ声を放つ。

そのとたん、手の上の屹立《きつりつ》が最初に押し当てられた時より何倍にも熱く膨《ふく》れ上がる。

びくびくと脈打つのすら感じて、薫子は大きく目を開いた。同時に、指が引き抜かれる。

どっと溢《あふ》れる愛液。

そして……

「ふっ……うっ……」

眉をきつく寄せて萱野が呻き、薫子の手の上に、白く熱い飛沫《しぶき》が大量に吐き出された。勢いあまって、それは薫子の顎《あご》や胸にもかかる。

何が起こったのかわからず、呆然としながらも薫子は喘《あえ》いだ。

ちらりと見た萱野も肩で息をしているけれど、何故か泣き出しそうな表情で自分を見下ろしている。

泣きたいのはこっちだと、ようやく息が整ってきた薫子は思ったが、さっきからずっと涙を流していたことに思い至ると、両手で顔を覆う。

自分の姿も萱野の姿も見たくなかった。

「失礼……いたしました」

萱野の手が薫子の鎖骨《さこつ》の辺りに触れてきた。

思わずびくんと身を縮ませたが、その動きはさっきまでの乱暴な手つきではない。まるで壊れ物を扱うように、自分の放った残滓《ざんし》を指で優しく拭っていく。

「お嬢様のお身体を汚すつもりはなかったのですが……。私は、執事として最低な真似を……」

声が微《かす》かに震えていた。

執事として……なんだ……

急激に薫子の中に暗い雲が垂れ込める。言いようのない寂しさと怒りと悲しみに満ちたそれが胸いっぱいに広がった。

「ほんと、最低ね……」

「はい。誠に申し訳ございませんでした」

萱野は小声で答え、薫子の身体をさらに拭おうと手を伸ばす。

パシン。

薫子はその手を激しく叩いて振り払った。

「もういい!! 早くどこかへ行って。顔も見たくない」

大声で言い放つと、薫子は身体を丸めて、膝に顔を埋めた。

「……っ。かしこまりました」

萱野が頭を下げる気配。続いて去って行く足音。最後に扉が閉まる音がして、薫子は押し殺した声で泣いた。

＊＊＊

――頭が痛い。割れるようだ。

そうか。昨日のお見合いパーティーで飲んだから……

薫子は頭を動かさないようにしながら起き上がった。

部屋の隅に置かれたイーゼルと、そこにかかっている半端に下塗りだけされた絵を見て、何故頭が痛いのか、自分の間違いに気づく。

彼と……

昨夜の萱野の言動を思い出し、薫子の胸は痛んだ。その痛みは頭よりもひどくて、立ち上がれないくらいだ。

あれは私が悪かったの？　なんであんなことになったの？

萱野が出て行った後、薫子は泣いて泣いて、汚れた身体を拭くのもそこそこに、とりあえず着ていたものを全て脱いで寝てしまったのだ。

泣いて寝てしまえば忘れられると思ったけれど無理だった。色々な思いが渦巻いてどうしようもない。

それは萱野の仕打ちに対してなのか、自分が変な意地を張ってしまった後悔からきているのか、薫子にはわからなかった。

もう、この屋敷を出てしまおうか……

ふとそう思う。

そもそも、昨夜あんなことになったのは、東三条の家に入ったからだ。兼須衛の養女になどならずに、ただの薫子として生活していれば、あんなことは起こらなかった。

私がお嬢様だなんて初めから間違いなんだ。私にお嬢様が務まるはずもなかったんだ。

この間まで住んでいた家は残っている。東三条の屋敷を出ても、大学卒業まで暮らせるだけの蓄《たくわ》えもある。画材一式は持って出るのが大変だから置いていくしかないけれど、それもなんとかなるだろう。

でも……

兼須衛の顔がちらついた。

私が出て行ったら、大叔父様はどう思う？　悲しむよね。裏切られたって思うよね。

駄目だ……。出ていけない。

昨日ドレスから着替えた時に、机の上に置いたままにしていたロイヤルブルーサファイアが目に入る。

ここにいなきゃ駄目だ。大叔父様のためにも。

そう心に誓ったが、気持ちが暗く落ち込んでしまうのはどうしようもない。

いけない。こんなことじゃ。

薫子はぐっとお腹に力を入れてベッドから立ち上がり、ガウンを羽織《はお》ると、誰にも会わないことを願いながらそっと廊下へ出た。

何をするにしても、まずはシャワーを浴びたい。身体の汚れを綺麗にすれば、なんとなく心に溜まった重い感情も流れていく気がしたのだ。

部屋を出る時にちらりと時計を見る。もう十時だ。そんなに寝ていたのかと唖然《あぜん》とし、今日が日曜でよかったと薫子はほっとする。

そうでなければ、萱野か使用人の誰かが起こしに来ていたかもしれない。

大学まで車で送ってもらう関係で、いつも薫子は出発の時間をきちんと伝えている。そのため寝坊をすると、必ず誰かが起こしにくるのだ。

昨日の今日で萱野に起こされたらたまらない。どんな顔をして会えばいいのかわからない。

いや、これからだって彼とどう接していけばいいのか、考えるだけで気が重くなる。

――考えたくないのなら考えなければいいのだ。

薫子はそう決心して、浴室へ入る。そこでバスルームの鏡に映った自分の顔を見て、薫子は思わず大声を出した。

「やだ！」

見るからに泣き腫《は》らした顔をしていたのだ。目の周りが真っ赤になり、瞼《まぶた》も重く腫れている。

よかった。誰にも会わなくて……

屋敷が広すぎるため、ここでは滅多《めった》に使用人の姿を見かけない。こちらから探したり呼んだりしない限り顔を合わせる機会もないのだが、今日は本当に誰とも出くわさなくてよかったと胸を撫《な》で下ろす。

熱いシャワーを浴びると幾分すっきりした顔になったが、まだ目が腫れぼったい。けれど至近距離――それも明るい場所――でなければ気づかれないだろう。

「お嬢様」

帰りも気づかれないようにと忍び足でバスルームを出たが、廊下の角から現れた使用人に見つかってしまった。

薫子よりも少し年上の、川口《かわぐち》という名の女性だ。メイドと呼んでいいのか家政婦と呼んでいいのかわからないが、いつも黒っぽいワンピースに白いエプロンをしているので、おそらくメイドなのだろう。

「あ、はい」

慌てて、まだ少し湿っている髪を梳《くしけず》るふりをして顔を隠す。

「お探ししておりました。こちらをお渡しするようにと、萱野さんから言いつかっておりましたので……」

差し出されたのは、深皿に入った二つのティーバッグだ。

「萱野が？　何？」

萱野の名前を口に出すことに抵抗を感じながら、トレイごと受け取る。

なんでこんな物を？

「よかった。まだ冷たいうちにお渡しできて……」

「はっ？」

冷たいティーバッグ？

よく見ると皿は二枚重ねになっていて、下の皿には氷が入っていた。上にあるティーバッグが温まらないような配慮がなされている。

「カモミールです。なんでも鎮静《ちんせい》効果があって、腫れや痛みに効くとか……。目に五分から十五分くらい当てるといいそうですよ」

「え……」

「おそらく二日酔いでお辛いだろうからって。飲みすぎると頭痛もひどいですが、瞼も腫れたり赤くなったりしますよね」

ちらりと薫子の顔を見て、川口は微笑《ほほえ》んだ。

「さすが萱野さんですね。ちゃんとお嬢様のことを考えていらっしゃる。本当に優しくて気が利いて……。しかもイケメンだし……。あっ。すみません」

川口はよけいなことを言ったとばかりに薫子に頭を下げると、「お渡ししましたからね」と言いながら、慌てて去って行った。

彼女が萱野に好意を持っているのがよくわかったが、薫子は面白くない。

優しくて気が利くって、あの男のどこが優しいのよっ！

優しい男があんなことするわけないじゃないの！

渡されたばかりのティーバッグを、トレイごと床に叩きつけたくなった。

でも……

そのティーバッグは確かに、川口の言うように彼の気が利くところや優しさを表している気がする。

確かに今日の自分はひどい目をしている。そうなったのは泣いたせいで、薫子が泣く原因を作ったのはそもそも萱野なのだが、事情を知らない川口が好意を寄せるのも無理はないと納得してしまった。

彼……。岡江さんにも素敵って言われてた。

そういえば使用人達が、自分がもう少し若ければ彼と付き合いたい、自分の息子だったらいいのになどと話しているのを聞いた覚えがある。

確かにイケメンというより正統派の美形だし、背が高くてスタイルもいいし、話題も豊富だし、女性陣が虜《とりこ》になるのもわかる。

それどころか男性陣にも人気だ。

弁護士も運転手も彼を褒《ほ》めている。

でも……。だからと言って……

昨夜のあれはやっぱり赦《ゆる》せない。

いくら「どのような性癖を持った相手でも、飽《あ》きられないようにする」教育だからって、絶対に赦せない。赦すもんか。

もう目を合わせないし、口も利かないんだから。

今夜も「教育」は行われるだろう。萱野は時間とスケジュールにうるさいのだ。しかし、これ以上彼から教育なんて受けたくなかった。いきなり生理が来たとでも言って追い返そう。

そんなことを考えながら戻った部屋で、薫子はある変化に気づいた。

部屋が掃除され、片づけられている。それだけならいつものことだったのだが、今日はイーゼルの傍らに設置された作業テーブルの上に、包装紙に包まれた箱が載《の》っていたのだ。

何？

訝《いぶか》しく思いながら箱を手に取る。

「え、これって……」

この包装紙は薫子がいつも買いに行く画材屋のものだ。逸《はや》る気持ちで包みを開き、中に入っていた物に目を何度も瞬《またた》かせた。

――そこには、絵の具と水彩筆が数本入っていた。

昨夜、筆を駄目にしてしまったから、薫子がシャワーを浴びている間に萱野が買ってきたのだろう。

思い出したとたん恥ずかしさと怒りがぶり返したが、なんとか気持ちを抑えて見ると、筆は薫子愛用の銘柄で、しかもしょっちゅう使うサイズと形状だった。

他の筆ではしっくりこなくて、いつも同じメーカーの物を使っているのだが、よくこの銘柄までわかったなと感心する。

昨夜の物は新品だったけれど、絵の具で汚れた手で触ったせいか、銘の部分は見えなくなっていたと記憶している。

他の筆も使い込んでいるため、柄に書かれた銘は擦《こす》れてしまっているはずなのだ。もちろん、全ての筆を細かく観察して、擦れていない文字をつなぎ合わせていけば、わからないこともないだろう。

けれど、それはかなり面倒な作業だ。

それに同封されていた絵の具。これも薫子が好んで使う色ばかりで、しかも、そろそろなくなるから買い足そうと思っていた色が多めに用意されていた。

いつもきちんと私を見ていたんだ……

そうでなければ、今どの色を使っているとか、何が足りなくなりそうだとか、何より薫子の好きな色まで把握できるわけがない。

パーティーの時、萱野が自分を見てくれないと薫子は寂しさを感じたけれど、実際はこうして細かい部分まで目を配ってくれている。

そういえば彼は、私が青が好きだって、空の色が好きだって知ってた……

萱野以外に執事なんて知らないから、執事であれば当然のことなのかもしれないけれど、何故か胸が熱くなった。

最低な教育、いや、お仕置きをされて反感しかなかったはずなのに、どうしてこんなに落ちつかない気分になるんだろう。

なんでこんなに……

でもやっぱり……。赦《ゆる》せない。赦さないんだからっ。
薫子はまだ水気の残る頭を振って、しかめっ面をした。

六

食堂に朝の光が満ちている。少し開けた窓から初夏の風が入ってきて、白いカーテンを揺らしていた。

こんなに爽《さわ》やかな朝なのに、薫子は食卓につくなり疲れ切った顔でため息をついた。

「おはようございます、お嬢様」

川口が、席に着いた薫子の前に煎茶《せんちゃ》を置いた。

ああ、朝食は日本食なんだな……と薫子はぼんやりと思う。この屋敷では、出す食事に合わせて飲み物も変わるのだ。

ベーコンエッグやベイクドビーンズを中心としたイングリッシュブレックファストでは、紅茶。それ以外の洋食の時はコーヒーだ。

「わっ、苦い。渋っ」

一口お茶をすすって、薫子は顔を顰《しか》める。

「すみません、そんなに渋かったですか？」

キッチンに戻ろうとしていた川口がびっくりして振り返る。

「お嬢様、昨夜は遅くまで起きていらっしゃって寝不足だろうから、飲み物は濃い目にって、萱野さんに指示されたんですが……」

「ああ、うん。確かにこのくらい濃い方が、しゃきっと目が覚める」

薫子がそう言うと、川口はほっとした顔になった。

「もうすぐ試験だから、睡眠時間を削ってお勉強してらっしゃるんですね」

「うん。もう始まっているけれどね。今日と明日で終わり」

「あら、そうだったんですね。さすが萱野さんだわ。ちゃんとお嬢様のご状況を把握されているんですね。萱野さんは私たちのこともよく見てくれていて……」

川口はどれだけ萱野が素敵であるかを熱く語りだしたが、薫子は生返事でほとんど聞いていなかった。

その当の萱野は今どこにいるのだと、聞きたくなるのを堪《こら》えるのに必死だったからだ。

絶対に萱野と口を利かないと決めたのに、その萱野と、この一週間まともに顔を合わせていない。

廊下で後ろ姿を見かけたり、玄関での見送りや出迎えでちらりと姿を現すことはあるが、それだけだ。

もちろん夜の教育もない。

どういうこと？

私が本気で嫌がったから？　それとも今は試験期間だから、勉強に集中させようとしている？

どっちにしろ一言あってもいいはずだと、薫子は苛立つ。

だいたい、朝食の席にすらいないのはどうして？

昨日の朝薫子にコーヒーを淹《い》れたのは、昔からいる家政婦だった。そして今日は川口。いつもなら萱野がする仕事なのに。

自分の業務を放棄しているとしか思えない。

まだしゃべり続けている川口の口から、萱野は優しいだとか、気遣いの男だとかという単語が飛び出してくるのがぼんやりと聞こえ、薫子はどこが優しいの！ と叫び出したくなった。

優しくて気の利く男なら、私に言うことがあるでしょう。何が執事よ。主の私をこんなに苛立たせるなんて執事失格じゃないのっ！

……今夜は大叔父様と晩御飯ご一緒できるかな。ホテルから戻ってくるかな？ もしお会いできたら、萱野の様子をさりげなく聞いてみよう。

ううん、駄目。聞くなんて……。まるで彼のことを気にしてるみたいだし、口を利かないって決めたんだから、ちょうどいいじゃない。

心の中で怒鳴ったり、自問自答ばかりしている。

「あの、お嬢様？ やっぱりお茶、苦すぎました？」

面《おもて》に出したつもりはなかったが、よっぽど変な顔をしていたのだろう。川口がそっと聞いてくる。

「え、何？ あー。大丈夫よ」

無理矢理笑みを浮かべて取り繕《つくろ》い、どうしてこんなに気分が荒れるのかと薫子は考える。

「萱野さんから、ちゃんと淹れ方を教わったんですけれど……。やっぱり厨房《ちゅうぼう》の人にお任せすればよかったかもしれません」

ああ。これだ。

これも苛々《いらいら》する原因の一つだ。薫子は川口の口を塞ぎたくなった。

萱野、萱野、萱野って、そんなに彼が好きなの？

（やだ……。私、嫉妬してる？）

そのことに気づくとますます苛々してくる。

なんで私が嫉妬しなきゃいけないのよ。私は彼のことなんて……。あんなことをする彼なんて……

私……。彼のこと、どう思っているんだろう。

売り言葉に買い言葉。意地の張り合い。そんな事情が重なって始まった夜の教育だったけれど、一線を越えていないとはいえ、そもそも恋人でもない相手とあんないやらしい行為ができる自分が不思議だ。

今更ながらその事実に気づき、薫子は呆気に取られる。

どうしてかな？

私、なんで平気だったの？

答えは喉まで出かかっていた。けれど何故だかその答えを出したくなくて、薫子はふと窓の外を見た。上方に青い色が見える。

今日もよく晴れていて、薫子の好きな青空が広がっているのだ。

そうだ。久々に空の絵を、空だけの絵を描こう。

そうすればきっと、こんな気分も吹き飛ぶはず。

うん。課題とか関係ない絵を描いてみよう。

白い紙面に最初の一筆を落とすところを思い浮かべて、薫子は少し気分を落ちつかせたのだった。

＊＊＊

最終日の試験を終えて屋敷に帰ってくると、なんだか屋敷内が騒がしかった。薫子を出迎える使用人の姿が少なく、送り迎えの挨拶だけは欠かさずしていた萱野もいない。

まさか大叔父様に何か……

「どうしたの？　大叔父様に何かあったの？」

兼須衛の病状が悪化したのではないかと薫子は真っ青になって、一番近くにいた通いの使用人の腕を掴《つか》んだ。

「いえ、旦那様は昨日退院なされて……。その……」

使用人は、言ってもいいのだろうかという表情になった。

「待って、退院って……。いつ入院したの？　聞いてないわ。なんで誰も教えてくれなかったのっ」

聞きたかったのは、今何が起こっているかだった。けれど兼須衛が入院していたと聞いて、薫子は驚きのあまり大声を上げた。

「申し訳ございません。萱野さんから、お嬢様にはお伝えしないように申しつけられておりまして」

近くにいた川口が焦った様子で二人の間に入ってきた。

「入院と申しましても、定期検査の数値が少々悪かったので、休養を兼ねて数日入院されただけです。そのようなことまでお嬢様にお伝えして、試験の邪魔をしてはいけないと……」

「それも、萱野が言ったの？」

だったら余計なお世話だ。気の遣い方が違うと薫子は憤慨《ふんがい》する。

「いえ、違います。旦那様自らがおっしゃったことです」

「大叔父様が……」

それなら誰にも文句は言えない。すでに退院したというのなら本当に大丈夫だったのだろうし、屋敷で萱野をほとんど見かけなかったのは、病院に行っていたからなのだろう。

薫子はほっとする。

——やだ私。何をほっとしてるの？　萱野がいなかった理由がわかったからって……

問題はそこじゃない。色々な意味でそこじゃないと、薫子は首を横に振る。

「じゃあ、何が起きてるの？　屋敷の雰囲気が変だけど」

「それは……」

川口は言い淀《よど》む。緘口令《かんこうれい》でも敷かれているのだろうか。

「萱野に口止めされているの？　私には言えないまずいこと？」

「そういうわけでは。ただ……」

まだ言い淀む川口に詰め寄ろうとした時、萱野の声が聞こえた。

「お嬢様、お帰りなさいませ。そのお話でしたらお部屋でご説明させていただきます」

奥から現れた萱野はにこりともせずに言い、こちらに背を向けると薫子の部屋に向かって歩き始めた。

「あ、待って……」

慌てて後を追いかける。部屋に入ったとたん、萱野に深々とお辞儀をされた。

「な、何？」

いつもの萱野とどこか違う態度に、薫子の心臓がわずかに跳ね上がった。

でも、大叔父様の容態に関わるかもしれないのだ。怖気《おじけ》づいている場合ではない。

薫子は思い切って口を開く。

「大叔父様が退院したって聞いたけど、やっぱり具合が悪いとか、そういう報告？」

「いいえ。違います」

「じゃあ、なんなの？　そもそもなんで言ってくれなかったの？　大叔父様が入院したこと。いくら本人が止めたからって……」

「旦那様のお言葉とご意志が、東三条に仕える者にとっては最優先でございますので」

そんな前時代的なと思わなくもなかったが、薫子だって今まさに、本人ではなく執事の萱野を責めるという前時代的なことをしている。

「私の試験期間だからって気を遣ってくれたのはわかるし、大叔父様に付き添って忙しかったのもわかるけど、どうしてこの一週間、まともに顔も出さなかったのよっ！」

何を言っているんだろう私？　なんで顔を出さなかったことで、萱野を詰《なじ》っているんだろう。

頭の中の冷静な自分はそう言うが、止まらない。

「何か一言あってもよかったんじゃないのっ？　私がどれだけ……」

心細かったか……。そう続けようとして、初めて自分の感情に気づく。萱野が側にいなくて寂しかった。不安だった。

妙な教育をされたとしても、彼に側にいてほしかった。

「申し訳ございません」

萱野はまた頭を下げ、大きく息を吸い込んだ。

「顔も見たくないとお嬢様がおっしゃられましたので、お側に行くのは控えておりました」

「え？」

私そんなこと言ったっけ……

薫子は自分の記憶を辿《たど》る。

しかし、絶対に口を利かないと決意したのは覚えているのだが、あの時萱野に何を言ったかまでは思い出せなかった。

「じゃ、じゃあ……。その……。きょ、教育は……」

何を聞こうとしているの？　私、どうしちゃったの？

「もう私がお教えできることはございません。礼法などの他のお稽古事《けいこごと》も、これからはプロの方にお教えいただくのが適切です」

「え？」

いきなりどうしたというのだろう。薫子は目を白黒させて萱野を見つめた。

「もちろん、夜の教育の方も私はお役御免《ごめん》でございます」

「ええっ？」

もう口を利きたくない。夜の教育なんて冗談じゃないと思っていたはずなのに、薫子の中でじわじわと動揺が広がって行く。

「お役御免というよりは、これ以上は婿となられる方からお教えいただけるはずですので、もう教育の必要がないと申し上げるべきでした」

「婿？」

いきなりの展開に頭がついていかない。

即座に頭に浮かんだのは、もう婿が決まってしまったのだろうか、ということだ。この間のパーティーでは薫子が選んでいいと言われていたのに、結局勝手に選ばれてしまったのだろうか。

「失礼、また言葉を誤りました。婿となられる方ではなく、お嬢様の夫となる方と言い替えさせていただきます」

「そ、それのどこがどう違うの？」

どっちにしろ勝手に決められてしまったのだろう。けれど、兼須衛が決めたのなら仕方ない。きっと自分にとって、それが一番幸せなのだろうから。

今回は静養を兼ねた入院だったから大ごとにはならなかったけれど、次もそうだとは限らない。まだ「元気」なうちにと兼須衛が結婚相手を決めたのだとしたら、文句を言う気にはなれなかった。

薫子だって、兼須衛が元気なうちに花嫁姿を見せてあげたいと思っているのだから。

「兼人様がお戻りになられました」

萱野から返ってきた言葉は、薫子の質問の答えとしては少しずれていた。しかし、それを聞いた薫子は、あっと声を出していた。

「それって……」

とっくん？　彼が帰ってきたってことは……

「待って、それって、跡取りが帰ってきたってことで……。私は婿《むこ》をもう取らなくても……。え？　だから夫？　でも……。えっ？　え？」

何かが変だ。

「おや？　ご理解いただけない？」

さっきまで殊勝《しゅしょう》に薫子に頭を下げていたのに、普段の嫌味な態度に戻った萱野は、冷たい微笑《ほほえ》みを浮かべた。

いつもの萱野だと心のどこかでほっとする。薫子は、久々に彼と会話ができるのが嬉しいと感じている自分に気づく。

「な、何？」

「旦那様は兼人様に跡を譲られ、お嬢様がその妻となられるのを望んでおいでだということです」

「あ……」

だから婿ではなく夫……

薫子はやっと理解した。

「でも待って、彼はプロのミュージシャンになるまで家に帰らないって、東三条の家や事業は継ぎたくないって家出したんじゃないの？　そういう風に弁護士さんから聞いたけど……。帰ってきたってことはプロになれたの？」

「質問が多いですね」

萱野は少し苦笑した。

「では、順を追って説明いたします」

四日前のこと、唐突に兼人が紀尾井町のホテルにやってきた、と萱野は語り出した。兼人曰《いわ》く、仕事でホテルに来たところ、駐車場に見覚えのあるリムジンが駐《と》まっていることに気づき、ふと会ってみようかという気になったらしい。

「現在兼人様はプロのベーシスト。スタジオミュージシャンやバックバンドをしながら生計を立てていらっしゃるそうです。その傍ら、ライブハウスも経営されています。兼人様のおっしゃる通り、四日前はホテルで歌手のディナーショーがございました。仕事でいらしたというのも事実です」

プロを目指して家出して、ある意味夢が叶ったというわけか。納得したが、なんとなく複雑だった。話を聞いて、きっと本人はもっとメジャーになりたいと思っているのではと感じたからだ。

「そこで旦那様が入院されたと聞いて病院にお越しになり、ご対面を果たされました」

その場ですぐ、プロになったのなら家に戻って来い、薫子と一緒になってくれると嬉しいと兼須衛が遠回しに言っていたと萱野は教えてくれた。

「それで、とっ……」

とっくんと言いそうになり、薫子は慌てて言葉を呑み込んだ。今までの感じから、とっくんと言うと萱野がなんとなく不機嫌になるとわかっていたからだ。

「兼人さんは納得したのね？」

「まあ……。そういうことになるのでしょうか。とりあえず、またこのお屋敷で生活されることになりました。本日屋敷内が慌ただしいのは、兼人様がそろそろお戻りになるからです」

萱野の言い方に少し引っかかりを覚えたが、兼人がもうすぐ帰ってくると聞いて薫子の心がざわめいた。

とっくんに会える……。とっくんと結婚する……

なのに、ざわめく心は、それ以上のときめきや熱を感じない。

何故？

「他に何かございますか？」

無意識に首を傾げていたのだろう。そう萱野に尋ねられ、薫子は首を横に振った。

「では、私はこれにて。あと三十分ほどで兼人様がいらっしゃるご予定ですので。失礼いたします」

一礼して去る萱野が妙によそよそしくて、薫子は彼を呼び止めたくなった。これから先、きっと萱野は私に構ってくれない。そんな気がして……

一度は口なんか利くもんか、と考えた相手だ。別に構ってくれなくてもいいはず。なのに、この寂しさはなんだろう。

「おかしいよね。私……」

わざと声に出して言ってみて、頭を切り替えようと深呼吸する。

とっくんが帰ってくるんだ。彼と結婚するんだ。でも、とっくんは私でいいのかな？

兼人は納得したのかと聞いた時、萱野が歯切れの悪い言い方をしていたのが少し気になる。

ふと、壁の落書きが目に入った。今となっては懐かしいとしか思わない、空の絵だ。確かあの時、使用人の誰かに見つかって怒られたように思う。

正確に言うと、旦那様に見られたら大目玉ですよ、と言われた。

だから……

忘れていた子供の頃の出来事を、薫子は少しずつ思い出した。

そう、だから怒られる前に消してしまおうと思ったのだ。二人で慌てて、消すための道具を探しに行った。

どうやって消そうとしたんだっけ？

ペンキ？　洗剤？

今こうして残っているということは、消せなかったのだろう。けれど何故消せなかったのか、それとも、わざと消さなかったのか、それがどうしても思い出せない。

とても大事な記憶のはずなのに、その先が出てこないのだ。

そのままにしておくのは気持ちが悪い。

なんとしても思い出したくて、薫子は物置部屋へ走った。

洗剤にしろペンキにしろ、そういう物は物置にあるはずだ。当時も置き場所は同じだったと思うから、同じ行動を取れば思い出せるような気がしたのだ。

物置部屋に行くには居間を抜けるのが早道で、薫子は勢いよくドアを開けた。

「あっ」

誰もいないと思ったそこに人がいて、薫子は小さく声を上げた。

見覚えのない男性が立っていた。

肩まである髪は茶色。耳にはピアス。服装はゴシックパンクとでも言うのだろうか、上下とも黒で、太いチェーンの飾りがついていたり、片袖だけ長かったりしている。

美大でもたまに見かけるファッションだから、理解できないとまでは思わなかったけれど、この屋敷の雰囲気からは浮いてしまっているように見えた。

「えっと……。とっくん？」

この屋敷の中でそんな格好をしているのは彼以外に考えられなくて、薫子は呼びかける。

「とっくん？」

振り向いた相手は一瞬訝《いぶか》しげな顔をしてから、微笑《ほほえ》んで言葉を続けた。

「あれ？　ひょっとして薫子……さん？　写真に見入ってたから、扉の音に気づかなかった。お久しぶり。この写真の子、薫子さんだよね。すぐにわかった」

「あ、はい。そうです兼人さん」

薫子さんって言われた……。あの頃は「かおちゃん」って呼んでくれていたと思ったけど。だよね、もう子供じゃないんだし。

なんだか寂しいと感じながらも、薫子も兼人に合わせて、とっくんとは呼ばずに答える。

「懐かしいな。あんまりこの写真見なかったし」

兼人はマントルピースの上に置かれた写真を見つめて目を細めた。

その横顔は、並んだ写真の中にあるとっくんの面影をきちんと残していたが、やはり薫子の記憶にあるとっくんとは重ならない。

私、美化していたのかもね。

とっくんとの思い出を大事にしすぎて、きっと自分の好みのタイプにしてしまっていたんだ。

薫子はぼんやりそんな風に思う。

「あ、ええっと、どうしてここに？」

萱野が迎えに行っているはずなのにと思って尋ねると、ばつが悪そうな顔になった。

「もう知ってると思うけど、俺家出したじゃん。だから大々的に出迎えてもらうのもなんだかなーって。なんてーの、気恥ずかしい？　だから裏口からこっそり入った」

ということは、今頃萱野は玄関で苛々《いらいら》しながら兼人の到着を待っているのではないだろうか。萱野だけではない。他の使用人達もきっと待っている。

「あの、だったら私、みんなに知らせてきますね。だって待ちぼうけしているわけで……」

「あー。そうだね。呼んできて。俺、先に自分の部屋に行ってるし。今日からしばらくお世話になります。あ、でも待って、君に話が……」

「え？　なんですか？」

「あの、実は……」

と、やや深刻な顔をして、兼人は何か言いかけた。だが、玄関の方から、兼人様はまだお見えにならないのかと言っている声が聞こえてきて、彼は口を噤《つぐ》んでしまった。それから首を竦《すく》めて苦笑する。

「んー。俺、やっぱ勝手に入ってきたらまずかったみたいだね」

「あ、じゃ、私急いでみんなに知らせてきます」

「うん。お願い」

兼人はひらひらと手を振り、さっさと居間から出て行った。

その姿を見送りながら、とっくんってあんな人だったっけ、と薫子は首を傾げる。子供の頃はもっときつい感じの印象があった。

それに、約束事はきちんと守る子供だったはずだ。いくら気恥ずかしいからと言って、自分を待っている相手がいるのに、こそこそ家に入るタイプではなかったと思うのだが。

人は変わるものだ。

そんな会話を萱野としたことをふと思い出す。

とっくんは変わってしまったのかな？　それとも、私が気にしすぎ？

とにかく今は萱野たちに早く知らせなければと、薫子は自分が何故居間のドアを開けたのかもすっかり忘れて、玄関へ向かった。

七

兼人が現れてから数日が経ったというのに、何故か今日も薫子一人の夕食だ。

大したことがなかったとはいえ、兼須衛は退院したばかりなので、まだ紀尾井町のホテルで身体を休めていて、屋敷には帰ってこない。

それは仕方ないと思うのだけれど、何故か兼人までいないのだ。おまけに、萱野の姿も見当たらない。

「また兼人さんはいないのね」

「はい。今夜は外食するとおっしゃって、先ほどお出かけになられました」

一人の食事はつまらなすぎてそう言うと、側で控えていた川口が答えた。

「ふーん。今日も外食なんだ……」

朝食は仕事で遅く帰ってきて寝ているからいらない。昼も——兼人にとっての朝だが——コーヒー一杯しか飲まない。

その結果、試験休みで屋敷にいる薫子と食卓で顔を合わせても、ゆっくり話もできない状況だ。

ここまでくると、なんだか避けられているような気がしてならない。

「なんか、いつも私一人だよね。私だけなのに、夕食の時間は厳守だし。時間を決めていないと厨房の人が困るのはわかるけど……」

ついそう愚痴《ぐち》ると、川口は困ったように眉を下げた。

「兼人様は……。このお屋敷に戻られる条件の中に、今までの生活パターンを変えない、というものがあったらしいですよ。イベントでの演奏がない時は、ご自分のお店に顔を出されるんだそうです」

「なーんだ。じゃあ、私も屋敷で生活するための条件を出せばよかった」

と、答えたがいまいち釈然《しゃくぜん》としない。

そんな条件があるなんて初耳だったのだ。経営しているライブハウスにいつもいるという話は、彼が来た初日の夕食時に、直接兼人から聞いて知っていた。

でも、やっぱり避けられている気がする。と薫子は思ってしまう。

ライブハウスの営業時間が、夕方から日付が変わるギリギリまでだとも聞いていたから、夕食を一緒にとれないことと、朝は寝ていることはまだわかる。

それでも少しは一緒に過ごして、会話をしてくれてもいいはずだ。

兼人とは、彼が来た日の夕食以来、一度もまともに顔を合わせていない。

結婚を兼人が本当に承知しているのかも、薫子にはわからないままだ。

この屋敷に居続けているのだから、きっと承諾しているのだろうが、あまりにも会話がなくて不安になる。

本当は、私と結婚するのが嫌なのかも……

誰だって、いきなりこの人と結婚しなさいと言われて、すぐに承諾できないだろう。だから兼人が迷っているのはわかる。

薫子自身もそうだ。迷いがないといえば嘘になる。

子供の頃の初恋の相手とはいえ、今は戸惑いが大きい。

兼人が現れる前だったら、薫子が婿《むこ》を決める立場だった。もちろん、ある程度は兼須衛のお眼鏡に適《かな》った相手でなければ駄目だっただろうが、それでも選択の自由は残されていた。

だが、今は違う。もう婿、いや、夫になる人物は兼人だけなのだ。萱野から、兼人があなたの夫になると聞かされた時は、なんだか現実味がなくて、深く考えられなかったけれど、今はわずかに迷いが出ている。

兼須衛が望んでいるならそれでいいと決めたのに、もし兼人が自分を避けているのなら、断った方がいいかもしれないとも思うのだ。

それにしても……

兼人がいない理由は想像がつくけれど、どうしてまた萱野もいないのだろうか。

なんだかんだと言いながら、萱野は普段通りに執事の仕事をしてくれていた。食事の時も側にいたし、もう教えないと言っていた礼法や英語も、きちんとレッスンしてくれた。

ただし、必要最低限の会話しか交わさず、態度はよそよそしいままだった。

顔も見たくない、と言ったのを取り消さない限り、萱野は今後もまともに薫子と視線を合わせてくれないだろう。

兼人に避けられていることより、萱野と会話ができない方が辛かった。

せめてどちらか一つだったら、こんなにどんよりとした気持ちにはならないのに。窓の外は薫子の心を映したような曇り空だ。

「はぁー」

「お嬢様？　何かお悩みですか？」

つい大きなため息を漏らしてしまい、川口から声をかけられた。

「うん。ちょっと、嫌われたかなって……」

ついそんな言葉が出てきてしまう。

「どなたにですか？」

聞かれて薫子ははっとする。

「あっ、話の流れからすると兼人様ですよね。やだなー私、今日はちょっと寝不足でボケてるのかな」

年が近いせいか、川口はたまにくだけた言葉遣いになる。

「え？」

薫子は目を大きく瞬《また》かせ、顔を強張《こわば》らせた。

川口の言葉遣いがなっていないことで気分を害したわけではない。嫌われたかなと感じた相手が誰なのか、川口の言葉でわかってしまったから。

「申し訳ありません。私、お嬢様に馴れ馴れしい口を利きました」

川口は頭を下げたけれど、薫子は川口の声が耳に入らず、ますます怖い顔になった。

私……。私……

萱野が好き？

「あの、お嬢様、私本当に……」

薫子の表情を見て、川口はおろおろし始める。

「あっ。え？」

やっと川口の声が耳に届いて、薫子ははっとした。

「ちょっと嫌なこと思い出しただけだから、えーっと」

笑顔を作り、あなたのせいではないとなんとかアピールしたけれど、もうゆっくり朝食をとる気分ではなくなっていた。

「ごめんなさい。今日は食欲がなくて。ごちそうさまでした」

それだけ言うのが精一杯で、逃げるように自分の部屋に戻った。

そこで萱野が新調してくれた筆が目に入って、切なく胸を高鳴らせる。

薫子にとって使い勝手のいい銘柄。大好きでよく使う青の絵の具。

彼はいつでも私のことを見ていてくれた。それが執事であっても、私……

萱野の細やかな心遣いやさりげない優しさが、今になって薫子の心に沁《し》みてくる。川口が萱野を褒《ほ》める度《たび》に苛々《いらいら》したのも、彼に好意を寄せていたからだとわかる。

私、どうしちゃったんだろう。私は兼人さんと結婚するの。そうしなきゃいけないのに……

新調された筆と絵の具を手に、薫子はしばらく立ち尽くす。それを、大切な物用の引き出しに入れようとして、我に返った。

萱野が買ってきてくれたというだけで、「大切」だと感じる自分の心に戸惑う。

引き出しには兼須衛から送られたネックレスもしまっている。大切というならそっちの方がよほど大切なはずだ。送り主の兼須衛の方が、萱野よりも大切な存在だと……

ふと、兼須衛に会おうと思った。

兼須衛に会えば、こんな変な気持ちもなくなるはずだと。

＊＊＊

兼須衛に会おうと思い立ち、薫子は半《なか》ば衝動的に兼須衛が定宿《じょうやど》にしている紀尾井町のホテルを訪れていた。

しかし、やってきたはいいものの、いきなりでは迷惑なのではないかと思い至り、尻込みした結果、薫子はロビーに突っ立っていた。

そういえば、誰にもどこへ行くとも告げず屋敷を出てしまったし、今兼須衛を訪ねても、いたずらに驚かせるだけかもしれない。

どうしよう？　帰ろうかな？

「あれ？　薫子ちゃん」

途方に暮れそうになった時、背後から声をかけられた。

「あ……」

兼人だった。今日はこのホテルで仕事だったのだろうか。肩からベースが入ったケースをかけている。

「ひょっとして、おじい様のご機嫌伺《うかが》い？」

「え、……はい」

ご機嫌伺いという言葉に引っかかりを覚えたが、深い意味はないだろう。

「しばらく会っていないから、どうしているかなと思って」

「そう。でも、今はいないんじゃないかな。平日の夜ってなんだかんだで接待があるし。昔から、早く帰ってきたためしがない。それに、駐車場に車もなかったよ」

「そうか……。いないんですね」

ほっとした気持ちが湧き起こった。いないのだったらすぐにでも帰れる。帰る口実ができた——そう思ったのだ。

自分から来ておいて帰るのに口実も何もないのだけれど、少なくとも兼人と会ったことで、ロビーに立ち尽くさなくて済んだと感じたのだ。

彼と会わなかったら踏ん切りがつかず、いつまでも一人で突っ立っていたかもしれない。

「とりあえず、ここで話してるのもなんだから」

兼人は薫子の手を取り歩き出す。

「あ、はい」

とっさに返事をしたけれど、唐突に違和感が生じて、薫子は兼人の手を振りほどきたくなった。

この手を握っていいのは兼人ではない、萱野だと身体が叫んだのだ。

その事実が大きく重く自分にのしかかってくる。

やっぱり私は萱野じゃなきゃ駄目なんだ。萱野が好きなんだ。

兼人という具体的な結婚相手が現れ、こうして手を握られて初めて、自分の感情を知った気がする。

さんざん嫌味を言われたり、あれこれされたりしたくせに、それでも萱野が好きだなんて。

こんな感情知りたくなかった。知らないままなら、兼須衛の言う通りに結婚をして、きっと幸せになれたと思うのに。

「ご、ごめんなさい、私……」

ぱっと手を離して、薫子は兼人に頭を下げた。

「えっと、用事を思い出したので帰ります」

そのまま薫子は兼人に背を向けて駆け出した。

どこをどう走ったのか、立ち止まった時には、迷子になっている自分に気づいた。

適当な出口から外へ出たが、周囲は見覚えのないビル街で、駅までの道がわからない。ホテルの外周に沿ってしばらく歩いてみたけれど、今薫子の前に広がっているのはオフィス街だ。仕方なく回れ右をして、元来た道を引き返す。

一度ホテルに戻ってフロントで駅までの道を聞こうと思ったのだ。

何やっているんだろう、私。自分からホテルに来たくせに迷子になってるし……

自嘲のあまり苦笑が漏れる。

ようやくホテルに戻ったけれど、辿りついたのは最初にいたロビーではなかった。本館と新館をつなぐ廊下に設けられた出入り口だ。

フロントを探して廊下を進み、右に曲がると、なんとなく見覚えのある場所が広がった。

よかった……

ほっとしながら廊下を曲がると、そこで立ち話をしている兼人と、何故かスーツ姿の萱野に出くわした。

スーツ姿の萱野を見るのは初めてで、新鮮なときめきを感じたが、よりによって二人がいるところに出くわすなんてと、薫子は唇を噛んだ。

こんな時に会いたくなかったと慌ててまた回れ右をしたものの、その瞬間に兼人の声が聞こえ、思わず廊下の角の壁に身体を張りつかせるようにして聞き耳を立ててしまった。

「……萱野だって東三条の血を引いているんだから、跡を継げるのにね……」

え？

今兼人はなんて言った？

萱野が東三条の血を引いている？　どういうこと？

立ち聞きはまずい。そう思うのに、もっと声を拾おうと、薫子はそっと廊下の角から顔を覗《のぞ》かせる。

兼人は薫子に対して背を向けていたけれど、萱野はこちらを向いている。一瞬目が合ったような気がして、慌てて首を引っ込めた。

どきん、と胸が鳴る。

久しぶりに萱野の顔を見たせいなのか、盗み聞きに気づかれたかもと感じたせいなのか、理由ははっきりしない。

ただ胸の鼓動が収まらず、なんだかとても苦しかった。

「僕が出てきたせいで……残念」

兼人が出てきたせいで残念？

どういう意味だろう。

ひょっとして、萱野は東三条の血筋なのに、跡を継げなくて残念という意味だろうか。

その言葉が指す意味は、兼人が帰ってこなければ、萱野が後継者になれたかもしれないということ。だけど、兼須衛は兼人が帰らない場合は薫子を養女にして婿《むこ》取りをさせようとしていたはずだ。

これだと、兼人のせいで萱野が「残念」になることはない。

いや、萱野が東三条の血筋とか、何が残念なのか、そんなことはどうでもいい。萱野がその話を自分にしてくれなかったことが悲しくて仕方ない。

何故話してくれなかったのだろうか？　そんなに信用されていなかったのだろうか？　……ひょっとしたら最初から嫌われていた？

嫌味な口を利いたりあんな教育をしたりしたのも、嫌われていたから？

もしそうだとしたら……

萱野を好きだと自覚したばかりの薫子だが、何もかも終了してしまったと笑い出したくなった。

なのに苦しくて頬に熱いものが伝っていく。

泣くなんて変だ。

手の甲でぐいっと涙を拭おうとすると、それより早くハンカチが差し出された。

「萱野……」

やはり気づかれていたんだと薫子は苦笑する。萱野は何を考えているのかわからない顔で、黙って薫子の涙を拭いてくれる。

「何故こちらに？　屋敷からお姿が見えなくなったと連絡を受け、探しておりました」

「スーツなんだ……。大叔父様の御用だから？　兼人さんと会ったのは偶然？」

薫子が泣いていた理由を聞かない萱野に対して、薫子も彼の質問には答えず、疑問を投げかける。

「萱野は東三条の血を引いているの？　私に教えてくれなかったのは、私のことを嫌っているからら？　私、変なんだ……。いつの間にか萱野を好きになっていたみたいで……」

何を言っているんだ私、と薫子は思ったが、まだまとまっていない思いが次から次へと溢《あふ》れ出してくるのを止められない。

「……っ」

萱野の顔色が変わった。

「ごめんなさい、私のこと嫌いなのに……あれこれお世話してくれて……」

薫子の涙を吸い取ったハンカチを握ったままの萱野の手が小刻みに震えている。けれど、薫子の目には入らない。

「お嬢様、何をおっしゃっているのですか？　私がお嬢様を嫌うなど……。私は……」

「私っ……、私……」

駄目。何を言おうとしているの？　やめなきゃ、やめなきゃ……

冷静な自分と、感情に突き動かされた自分が戦っている。

「お嬢様っ！　聞いてくださいっ。私は……」

何か言いかけたが、人が通りかかった気配がし、萱野は口を引き結んだ。代わりに薫子の腕を強く引く。

「何？　痛い……」

薫子の訴えを無視して萱野はエレベーターに乗り込み、どこかの階のボタンを押した。

「萱野？」

どこへ？　何をしようとしているの？

そう聞こうと開いた口は、彼の唇で塞がれた。

「ん……」

薫子は驚くより先に、久しぶりの萱野の唇の甘さに酔う。

誰かが入って来るかもしれないということも忘れ、身体が先に反応したのだ。

差し込まれた萱野の舌に自分の物を絡《から》めたとたん、ポーンと軽い音がして、エレベーターのドアが開いた。

そのタイミングで唇は離れたが、腕は掴《つか》まれたまま、客室の前まで連れていかれる。

逃がさないためなのか、萱野はずっと薫子を掴んだ手に力を入れている。空いた手でキーを取り出すと解錠した。

「あの？　萱野？」

「私の部屋です」

そういうことを聞きたかったわけではない、と思ったのも束の間、ドアを閉めたとたんにキスを再開され、薫子は抵抗できない。

彼の舌が薫子の口腔《こうこう》の粘膜《ねんまく》を擽《くすぐ》るように舐める。それだけでぞくぞくとした快感が背筋に走り、下半身が落ちつかなくなる。

私……。キス一つでこんな風になる身体に作り替えられてしまったんだ。私、こんなに萱野に……

涙が出てきた。理由はわからない。ただ熱く頬を濡らす。その雫を萱野の舌が追いかけてくる。

それからまた涙の味がするキス。

軽く唇をついばまれて、その合間にほとんど吐息と変わらない萱野の声が注がれた。

「お嬢様。私の話をきちんと聞いてください。けれどその前に……ものすごくあなたがほしい」

薫子の身体を力強く抱きしめ、萱野は自分の下半身をぐっと押し当ててきた。そこはスーツの布越しにでもわかるほど、熱く硬くなっている。

「あ……」

それだけで薫子の腰が抜けそうになる。

私も萱野がほしい……

今は何も考えたくない。彼のことだけを考えて、見て、触れていたい。その心のまま見つめると、いきなり抱き上げられた。そのままベッドの上へ、やや乱暴に落とされる。

教育の時はもったいぶってゆっくり進めていたのに、今は違う。噛みつくようなキスをしながら、性急な手つきでワンピースを捲《めく》り上げる。

屋敷から半《なか》ば無意識で飛び出してきた薫子は、ストッキングを穿いていない。靴もサボサンダルだったから、とっくに脱げてしまっていた。

その太腿に萱野の手が這《は》う。

這っていたのはわずかな時間だ。その手はすぐに下着の中心に到達し、湿ったそこを掌で押してきた。

「ふっ……」

心地いい緊張がそこから走り抜け、薫子は身体を少しのけぞらせた。まるでそれを待っていたかのように、萱野のもう片方の手がブラジャーを押し上げる。

服もブラジャーも、鎖骨の辺りに丸まってまとわりついていた。それを邪魔だと感じる暇もなく、薫子は新たな刺激にまた身体をのけぞらせる。

萱野に乳首を舐められたのだ。

声にならない声を上げ、薫子は思わず萱野の頭に手をかけていた。彼の舌をもっと感じたくて、そのまま押さえつけてしまう。

そうすると、彼の唇がより広範囲に当たり、乳房全体を含まれているような悦《よろこ》びが生まれる。軽く当たった歯が膨《ふく》らみ切った中心に引っかかり、ぴりりとした甘い痺《しび》れが流れ込んできた。

舌先でつつかれ、時には焦《じ》らす動きで丸く円を描かれると、薫子の腰が熱くなる。

その熱をさらに上げるためか、下に押し当てられていた萱野の手も動いた。全体を何かを確かめるように何度も撫《な》で、それから指を縦に走らせる。

「はっ……。あぁ……」

じわりと何かが滲《にじ》み出し、布越しに萱野の手や指がぴったりと密着しているのがわかって、薫子は恥ずかしさに顔を赤らめた。

萱野は薫子の胸から顔を上げ、彼女の表情を目を細めて見つめてくる。その口元には笑みが浮かんでいた。唾液で濡れた唇は赤くなって、女の薫子から見てもセクシーだ。

あの唇で胸だけじゃなく……

不意にそんな欲求が薫子の中に生まれる。それは「教育」でもされていなかったことだ。しかし自分からそんな希《ねが》いを言えるわけがない。

薫子を見つめる萱野の笑みが深くなる。

「どうしました？　何かおっしゃりたいようですけれど……」

萱野は言いながら軽く薫子の胸元を舐め、下着の上から押し当てていた掌《てのひら》を、わずかに太腿の方にずらす。

「ん……」

私、焦《じ》らされている……

もっと直接色々してもらいたいのに、こんなのは嫌……

「何かおねだりがあるのなら、ちゃんと言葉にしていただかないとわかりませんよ」

さらに笑みを深めながら、萱野は薫子の敏感な部分を下着の上からきゅっと押し込んできた。

「ああっ」

たったそれだけの刺激で、熱い蜜が滲み出してきたのがわかった。これ以上溢《あふ》れ出すのを止めたくて、きつく太腿を閉じようとした動きは、逆に萱野の手を挟み込んでしまう。

まるで自分から、彼の手に敏感な部分を押しつけて擦《こす》っているような状態だ。

「なるほど……」

喉の奥で笑い、萱野は下着の下から指を潜《もぐ》り込ませてきた。

「もうこんなに濡らしていたのですか。はしたない人ですね」

「な、なっ……。萱野が……触るからっ……。んっ、あっ！」

文句を言ったとたん、ぬるりと擦られて薫子は声を詰まらせる。

くちゅくちゅという水音がそこから漏れてくるけれど、もちろんもう止められない。

「すごいですよ。いつもより感じていますね」

さっきまで余裕がなさそうだったのに、もう落ち着きを取り戻したのか、萱野は言葉でも指でもじっくりと薫子を攻め立てる。

「何も穿かずにお帰りになるしかなさそうですね。こんなにびしょびしょに濡らしていては……」

するりと下着を脱がされる。萱野の言葉には確かに羞恥《しゅうち》を感じたけれど、その一方で、彼に脱がせてもらうのは当然だし、早く脱がされたいという気持ちも心の奥にはあったのだ。

脱がされてもっと弄《いじ》られたい。今以上に濡れてしまっても構わない……

薫子の足が自然と開いた。誘うように両膝まで立ててしまう。

「丸見えですよ。真っ赤になって、ひくひくと私を誘っているのがよくわかります。ああ……。今蜜が零れました」

そんな実況すら快感で、薫子は熱い息を吐き出した。

今は何もされていない。胸にもどこにも萱野の手は置かれていない。なのに見られているだけで、全身が熱くなる。

「も、もう……」

これ以上焦らされるのはたまらない。

じんじんと疼《うず》いて熱くて仕方ない。

「もう？　なんですか？」

申し訳程度に萱野の指が乳首に触れた。

「やっ、あっ」

それだけで薫子は全身を撓《しな》らせて喘《あえ》いでしまう。

「おや？　ここだけでもかなり気持ちがいいようですね。いっそここだけで達《い》きますか？」

言葉通り、萱野は尖《とが》ったそこを摘《つま》み上げてきた。痛いのに気持ちがいい。だけど何かが足りない。摘まれたり弾かれたりする度《たび》に下半身がかっと熱くなり、蜜が溢《あふ》れるのがわかる。綻《ほころ》んでいる表面だけでなく、中も蠢《うごめ》いて萱野を求めている。

こういう時にはなんて言うんだっけ？

薫子の頭の中に、萱野に教えられた言葉のあれこれが浮かんだけれど正解は出てこなかった。

でも、それでいいと思う。今はいつもの教育中じゃない。今は……

「あ、あなたが、好き……」

どうしてこのタイミングでそんな言葉が出てきてしまったのかわからない。けれど、達きたいとか、もっと気持ち快《よ》くしてほしいとかいう気持ちが、今の好きという言葉に全て凝縮されているのは確かだ。

「……っ。お嬢様……。あなたはどうして……」

萱野の顔が歪《ゆが》んだ。なんだか泣き出しそうに見える。

「萱野が好き……」

私も泣きたい。

彼の潤《うる》みそうになっている瞳を見て、薫子は切実に思う。

いつの間にかこんなに好きになって、教育なんて関係なしにあなたの肌を感じたくなって、できればこれからもずっと一緒にいてほしい。

もちろんそれは無理だとわかっていた。だから泣きたくなる。

「萱野がす……」

三度目の好きは、彼の唇に吸い込まれた。

舌を吸われながら、薫子はファスナーが降りる音を聞いた。

また彼のあれを握るのかしら？　でもいい。もう嫌じゃない。むしろ……

唾液を交換し合い、お互いの舌でお互いの歯列をなぞったりしながらも、薫子はぼんやり考えた。

しかしそれは、いきなり感じた熱と圧迫感の前に掻《か》き消えた。

「ふっうんっ！　あ、やっ……」

彼の屹立《きつりつ》が、薫子の中に潜《もぐ》り込んでいる。指では考えられない太さと熱さだ。

「やめ……ますか？」

眉根をきつく寄せた萱野が見下ろしてくる。薫子は首を横に振ることでそれに答え、彼の背中に腕を回した。

足を高く上げ、萱野の腰に巻きつけるようにして、全身で止めないでほしいと訴える。

「……ったく……ませんよ……」

ため息のような吐息と共に、萱野は何かを呟《つぶや》いた。

薫子に聞き返す余裕はない。萱野をきちんと受け入れたくて必死なのだ。

「かわいい人だ」

そんな台詞を聞いたのは初めてで、思わず息を止めてしまう。とたん、萱野がきつく目を瞑《つぶ》った。

「お嬢様っ、そんな風に締めるのは……まだ早いです」

萱野が何を言っているのか、一瞬わからなかった。

「もっと私を充分に感じてからにして下さい」

続けてそう言われ、腰を抱えられて軽く揺さぶられた。その動きに、もっと力を抜いて身体を預けろと言われているのだと悟る。

「わ、私……」

「黙って……」

微笑《ほほえ》まれ、軽く頬に口づけを落とされた。

萱野の唇は熱くて、その熱が頬から甘く身体中に広がっていく。その余韻《よいん》をもっと感じようとして深呼吸すると、ふっと全身の力が抜けた。

「ああ、いい感じに緩《ゆる》みましたね」

優しく褒《ほ》め、ご褒美《ほうび》でも与えるように、萱野は頬に落としていた唇を胸に滑らせた。それからゆっくりと身体を進める。

「んあっ……」

圧倒的な質量と熱量に薫子はくらくらする。初めにあった圧迫感はもうない。その代わり、今までに味わったことのない悦《よろこ》びが走り抜けた。

挿入されただけで敏感な突起がぐっと膨《ふく》らみ、乳首も同じように硬くしこる。甘い痙攣《けいれん》めいた収縮が、軽く、けれども何度も起こって、その度に薫子は喘《あえ》ぎ声を上げた。

「熱い……。絡《から》みついてきます……。あなたが……」

そう囁《ささや》く萱野の声の方が熱いと思う。彼の額《ひたい》から汗が滴《したた》り、薫子の胸元に散った。

服を脱げばいいのに……

軽い抽送《ちゅうそう》を繰り返されて、ぼんやりしながら思う。

彼の背中に回した手で、彼の肌を撫《な》でたい。こんなスーツの生地じゃなくて……

ふと、そう思う。けれどそれも長くは続かない。彼の抽送が激しくなってきたからだ。

「は、あっ。あぁっ……。だ……め……」

そんなにされたらすぐに達してしまう。もっと萱野とこうしてつながっていたいのに。

切実に思うけれど、萱野の勢いは止まらない。蠢《うごめ》く肉壁を擦《こす》りながら、奥まで突いてくる。

二人で密着した部分から、濡れた音が派手に鳴る。萱野からも薫子からも滲《にじ》み続ける愛液が、周囲に溢《あふ》れて飛び散っていた。

「ああぁっー。もうっ……。イク。いっちゃう」

達する時には言葉にするよう、以前のレッスンで萱野に教えられていたが、もし教えられていなくてもそう叫んでいただろう。

それほどに強烈で……

半《なか》ば意識が飛んだ時、腹に温かい飛沫《しぶき》を感じて薫子ははっとした。

萱野が達して、薫子の腹の上に放出したのだ。

「薫子様……」

掠れた声で名前を呼び、萱野は薫子を抱きしめた。着ているスーツが汚れてしまうのも構わずに。

ぴったりと薫子の胸に重なったそこから、萱野の心臓の音がドクドクと激しく響いてくる。

もちろん薫子の心臓も、激しく高鳴っていた。

「申し訳ございませんでした……」

鼓動がややゆっくりになった時、萱野は素早く身を起こし、やや青ざめた顔で薫子に謝罪した。

それからさっとバスルームに向かう。

「なんで……？　なんで謝るの？」

薫子の胸が、交わったこととは別の理由で脈打ち始める。その苦しさに胸を抱きしめると、濡らしたタオルを持った萱野が、バスルームから戻ってきた。

「どうして謝ったの？」

薫子の身体を拭おうとする萱野にもう一度聞くと、彼は苦悶《くもん》の表情を浮かべた。

「申し訳ございません。お嬢様に手を出しました。しかも避妊まで忘れてしまい、もし……」

「やめて！　今はそんな話しないで！」

そんなことを考えたくなかった。

萱野が自分の中にいた喜びの余韻《よいん》をもっと感じていたかった。

「私、あなたが好き。好きになったの。誰がなんと言おうとあなたが好き。だから……今のはあなたの返事だと思ったの……。あなたも私が……」

そう。私は告白したんだ。萱野に。自分の執事に……

結ばれてはいけない相手に……

でも、せめて今だけは、そんな現実的な話は忘れたい。

「しかしお嬢様は……、万が一……」

「やめてって言ってるのに！」

怒鳴るとそれが命令だと思ったのか、萱野はすぐに黙った。

さっきまでいやらしい音が響いていた部屋に静寂が満ちる。その静けさに耐え切れず、薫子はベッドから立ち上がった。

「帰る」

全て脱がされていたわけではないから、身支度はすぐに終わる。

「お嬢様っ」

引き止めようとして伸ばされた萱野の腕を、薫子は激しく振り払った。

「……っ」

わずかに傷ついたような顔をして、萱野は大きく天井を仰ぐ。それから数回深呼吸して、薫子に向き直った。

「かしこまりました。では、お車をお呼びします」

その言葉に薫子は泣き出しそうになった。

帰ると言ったのは自分だし、彼の手を振り払ったのも自分だ。けれど、引き止めてはしいとどこかで思っていたから、ひどく悲しい。

胸がちくちくと痛む。

「……タクシーくらい自分で呼べるわ」

涙が溢《あふ》れ出す前に薫子はドアに手をかけ、そう言い放って部屋を出る。

「お嬢様っ！」

萱野が追ってきた。引き止めに来てくれたんだと振り向いた瞬間、萱野は戸惑った顔で、スーツのポケットから携帯電話を取り出した。

マナーモードにしてあったものが鳴ったようだ。

「はい。萱野です。はい……」

揺れる眼差しで薫子を見つめたまま、萱野は電話に応じている。

薫子を引き止めたい、話をしたい。そんな思いが滲《にじ》み出ているようなまなざしだ。

「申し訳ございませんお嬢様、旦那様が会食先からお戻りになりますので……」

通話口を手で塞ぎながらそう告げた萱野は、薫子に目礼をすると、廊下の奥に走って行った。奥にもエレベーターがあるようだ。

「萱野っ」

必死で呼びかけたけれど、彼の足は止まらない。

私より大叔父様の方が大切なんだ。

萱野は薫子の執事である前に、東三条家の執事だ。その東三条のトップである兼須衛の用事を最優先するのは当たり前。
そうわかっていても薫子は、どうしようもない不満と悲しさを覚えて萱野を見送った。

八

一晩泣いたらすっきりするかと思ったのに、頭痛ばかりがひどくなって、鏡に映る顔は最悪だった。しかも、昨夜と同じワンピースを着たまま寝ていたのに気づいて気分が落ち込む。それに、あの後どうやって帰ってきたか覚えていない。

ワンピースはもちろん、薫子の身体全体にも、微《かす》かに萱野の香りが移っている。

彼は服を着たままだったから、本当にわずかなものなのだが、それだけで嫌でも昨夜のことを思い出し、薫子は鼻の奥がつーんと痛くなるのを感じた。

もうっ……。泣いたって何にもならないのにっ。

だいたい、泣くくらいなら、あの後萱野が戻って来るのを待っていればよかったじゃないか。彼は引き止めてくれたのだし、何か言いたげな顔をしていた。

萱野が兼須衛を優先したのが気に食わないと帰ってきてしまったのは、薫子の嫉妬が原因だ。

なんだか自分が大人気ない。昨夜はただ悲しくて仕方なかったけれど、一晩経って頭が冷えると、自分の感情や行為がものすごく子供じみたものだったと思えてくる。

でも……。やっぱり……

謝ってなどほしくなかった。

避妊具をつけなかったことに関する謝罪ならともかく、お嬢様に手を出してしまったと言った萱野の言葉が、心に棘《とげ》のように突き刺さっている。

あの言葉だけは聞きたくなかった。言ってほしくなかった。

聞きたかったのは萱野の本心——薫子のことをどう思っているかなのだ。

抱いてくれたことが答えだと思った。なのに、終わった後はまた執事としての態度に戻っていたのが悲しくて寂しい。

結局彼は自分をお嬢様としか見てくれていないのかもしれない。

そういえば夜の教育だって、いやらしいことをたくさんしてきたのに、彼を受け入れたことは一度もなかった……

ふとその事実に思い当たり、薫子は愕然《がくぜん》とする。

昨日私を抱いたのは、私が好きだからじゃなくて……、成り行き？

信じたくなかったけれど、だんだんとそんな風に思えてきて、また涙が出そうになり、薫子は慌てて自分の顔を叩いた。

この間、泣き明かした翌日は、萱野の指示で冷やしたカモミールのティーバッグが用意されていたけれど、きっと今朝はそうならないだろう。

萱野が屋敷にいないから……

昨夜屋敷に帰ってきた時、いつになったら萱野は帰ってくるのだろうと使用人たちが話しているのを聞いた。

使用人たちはみな萱野を頼りにしていて、彼の指示で動いている。

そのせいだろうか、萱野がいない時に行先も告げず屋敷を出て行かないでほしい、お嬢様に何かあったら自分たちではなかなか対処できないということを遠回しに言われてしまった。

私がここにいることで、迷惑をかけているみたいだ……

使用人たちの様子を思い出し、薫子は泣き笑いの顔になる。

迷惑だと言われたわけではない。しかし、今の私はみんなにとって困る存在なのではないかと思えてしまう。

正式な後継者の兼人が帰ってきたのだ。自分は東三条にとって、もういてもいなくてもいいのかもしれないとまで考え始めてしまった。

けれど萱野はこの屋敷になくてはならない存在で……

その萱野は東三条の血筋だという。

この先どうなっちゃうんだろう？

薫子はふと不安を覚えた。

好きになった相手は自分の執事、萱野。でも彼は自分と同じく東三条の血を引いている。そこへさらに本来の血筋の兼人が現れて……

自分は兼人と結婚する。

これ、昔だったらお家騒動に発展するわよね。財産狙いというか後継争いの殺人事件が起こっても不思議じゃない状況だし……

いや、そうじゃなくて……

感情が乱れてしまっているせいだろう、現実逃避をしてしまいそうになり、薫子は慌ててぶんぶんと頭を横に振った。

今は彼の気持ちを確かめるのが一番だ。自分に対しての気持ちを確かめて、それから……

そう、それから色々考えればいい。

「あら、橋本さん。じゃなかった東三条さん、ずいぶんひどい顔ね。徹夜でもした？」

不意に肩を叩かれ、薫子は飛び上がりそうになった。

振り向くと、岡江が眉を顰《ひそ》めて立っていた。

いつのまにか大学に来ていたのだ。どんな顔をして使用人と朝の挨拶を交わして屋敷を出てきたのか覚えていない。

「久々に見たわ、Tシャツにジーンズ姿って。東三条のお嬢様になってから初めてじゃない、その格好」

「え？」

言われて初めて気づく。

萱野がいないから誰も薫子の格好に文句をつける者がいなかったのだ。

「ふーん。いよいよお払い箱ってわけ？」

「何それ？」

岡江が馬鹿にしたようにニヤニヤと笑うのが気になる。東三条家の事情について、何か知っているのだろうか。

「聞いたわよ。東三条の正式な跡取りが戻ってきたって。これであなたが無理に婿《むこ》を取る必要もなくなったのね」

やっぱり知っているんだと薫子は唇を噛む。

東三条の周囲の企業や資産家達の間にも、兼人が戻ってきたことはとっくに伝わっているのだろう。特に岡江はあのパーティーにも招かれていたぐらいだから、なおさらだ。

「しかも、あの萱野も東三条の血筋なんですって？　ええっと、先代の孫に当たるのかしら？」

自分が知らないことを口にする岡江に、薫子は顔を強張《こわば》らせた。

「彼のこと気に入っちゃったから少し調べさせたの」

ふふふん、と岡江は得意げに笑って胸を反らした。

「でもね、今時こんなこと言うのもあれなんだけど……。やっぱり身分とか、血筋の違いとかあるじゃない？　いくら気に入っていても、あまりにもお粗末な出自だったら諦めようと思っていたの。そしたら、愛人との間の孫とはいえ、先代の血を引いているってわかったからほっとしたわ。彼自身に東三条を継ぐ気はないみたいだし、私の婿にするにはちょうどいい感じ」

愛人との間の孫？

薫子は息を呑む。

ホテルで見聞きした萱野と兼人の話ではそこまでわからなかった。自分より事情を詳しく知っている岡江が恨めしい気はしたけれど、なるべく顔に出さないように足を踏ん張る。

「そ、そう……。でも継ぐ気がないって、どうしてそんなことわかるの？」

「そんなの、ちょっと考えればすぐわかるでしょ？　後継になるつもりなら、『萱野』の姓を名乗るのはおかしいし、執事なんてするわけないじゃない。彼、東三条グループの会社に入社してないのよ？　残念よねー。そうしてれば今頃執事なんてやってなかったかも。たとえ籍に入れてもらえなかったとしても、絶対東三条グループの中で出世してたと思うのよね」

「残念……」

岡江の言葉に薫子ははっと目を見開いた。

岡江の話が全て真実なら、ホテルで兼人が「残念だ」と萱野に言っていたこともそういう意味なのだろう。

けれど、事実なのだろうか？

「どうしたの？　なんだかあなた変よ？」

「それ……、本当なの？」

ついそう声に出してしまい、薫子はしまったと思ったが、もう遅い。

「本当なのって、うちで雇った興信所《こうしんじょ》の探偵は優秀よ。え？　まさかあなた何も知らないの？　養女とはいえ東三条の一族の人なのに……。それに萱野はあなたの執事でしょ？　自分の執事のこと、何も知らないの？」

岡江は勝ち誇ったような笑みを浮かべる。その顔に感情を逆撫《さかな》でされたけれど、実際薫子は知らなかったし、誰も萱野の素性を教えてくれなかった。

悔しいけれど、教えてくれたのは目の前にいる岡江だけだ。

「ふーん。でも……」

ひとしきり笑った後、岡江は腕を組んだ。

「そうなると、萱野は本当に一執事のままでいいって思っていたわけね。東三条の家を継ぐ気がないからこそ、あなたにも素性を告げなかったわけね」

「え？　どういうこと？」

「やだ、鈍い人ね。正式な跡継ぎが帰ってきた今、何をしても無駄でしょうけれど、それまではあなたが婿《むこ》取りして東三条家を継ぐはずだったんでしょ？　彼にその気があったなら、あなたにそう告げて婿候補にしてもらえばいいわけじゃない」

「あ……」

言われてみればそうだ。

「手っ取り早くあなたと関係してしまうって手も使えたわけだし。まあ、本当に正式な後継者が現れた今となっては、どんな手を使っても無駄でしょうけれどね」

「どんな手を使ってもって……」

岡江の言葉に萱野とのあれこれを思い出し、薫子はかっと身体を熱くした。

「と、いうわけで彼は私がいただくわ」

「え？　いただくって……」

その言い方になんだか腹が立って、薫子は岡江を軽く睨《にら》みつけた。

「そうよ。いただくわ。萱野は私のものよ」

「はいっ？　誰があなたのものですって？」

薫子は眉を跳ね上げ、本格的に岡江を睨《にら》みつける。

苛立ちと腹立ちで、頬が紅潮するのが自分でもわかった。

「萱野よ。他に誰がいるのかしら？」

「萱野は……、萱野は私の執事よっ！　あなたになんか渡さないいっ！」

感情が一気に爆発して薫子は叩きつけるように言う。

「だいたい萱野は私ともう……」

寝たの、と言いそうになり、慌てて口を押さえた。

「なっ、何、もうって……。しかも言いかけてその反応って……」

岡江が目をむく。

「まさかあなたたち……」

それからきっと唇を噛みしめるようにして頬を引きつらせた。

「そう……。そうでしたの……。萱野って、結局跡継ぎになりたくてあなたに手を出すような人だったわけね」

「違うわっ！　彼はそんな人じゃないい」

やだ。私何を言っているんだろう。

こんな言い方では「萱野と寝た」と悟られてしまうではないか。けれど萱野の名誉のためにこれだけはきちんと言わないと、と思う。

「何？　何が言いたいの？　あなたたちの間に何があったかわからないけれど、どっちにしろもういらないわ。よく考えたら、彼と一緒になったら、あなたみたいな人と親戚になるっていうことだし……。ごきげんよう」

岡江はわざとヒールを鳴らして足早に去って行く。

「あなたみたいな人って……。どういう意味よっ！」

一度に色々な情報が入りすぎて混乱したせいもあるが、岡江の言葉にものすごく腹が立って薫子は大声でわめいてしまう。

「ごきげんようって。何気取ってるのっ！　何様よっ！」

大声を出すと少しすっきりしたが、すぐに今のやりとりを誰かが聞いていたらまずいと辺りを見回す。

幸い実技棟と講義棟をつなぐ渡り廊下には、誰もいない。けれど、ほっとしたのも束の間、すぐに心がどんよりとしてきた。

「はぁ……」

ため息をつきながら何気なく見た窓の外に、空が広がっていた。まるで薫子の心を映したように、雲が多くて曇り気味だ。

「これからどうすればいいのかな？」

その空に向かってつい呟《つぶや》いてしまう。

萱野が好きだ。誰にも渡したくない。

図《はか》らずも岡江のおかげでその気持ちを強く確認できたけれど、この先どうしたらいいのかわからない。

兼須衛に花嫁姿を見せてあげたいという気持ちがあるからだ。しかしこんな思いを抱えたまま、兼須衛が選んだ婿《むこ》候補の中の誰かと結婚するなんて、できそうになかった。

いや……。そもそも岡江が言うように、自分が無理に婿を取る必要はもうないのだ。それはつまり、東三条の養女でいる必要もないということになる。

ただ、個人的に、敬愛する兼須衛が喜ぶことはしてあげたい。それはやはり、誰かと結婚して花嫁姿を見せることで……

けれども自分は萱野が好きだから、兼須衛の選んだ相手では……

思考が堂々巡りを始めてしまう。

ふと、萱野と結婚できればいいんじゃない？　と思ったが、それには肝心なことをクリアしていなかった。

萱野はどうして私を抱いたの？　萱野は本当に東三条の家を継ぐ気はなかったの？

また堂々巡りの思考になりはじめて、薫子は大きくため息をついた。

誰かに相談したい。この先どうすればいいのか自分では考えられない。けれど、誰に相談すればいいのだろう？

もし誰かに相談するのなら、それはやはり萱野しかいなくて……

薫子は空を振り仰ぐ。

何もかも、萱野と一度きちんと向き合って話さなければ駄目だ。絶対に……

薫子は固く誓って空を見つめ続けた。

＊＊＊

その晩、今夜も一人で食事をするのだろうと思って入った食堂に、思いがけず兼須衛と部屋の隅で控えている萱野の姿を発見して薫子の鼓動が跳ね上がった。

萱野が屋敷に帰ってきている。彼と話ができる。

萱野と話をする決意をしたはいいけれど、またホテルへ行ってみるか、彼が屋敷へ帰ってくるのを待つか、いつどこで機会を作ろうか実は悩んでいたのだ。

だから、息ができないくらいに胸が高鳴る。それを必死に押し隠し、薫子はまずは兼須衛に笑顔を向けた。

「大叔父様。お久しぶり」

夕食の席でお久しぶりと言うのも妙だったが、他に言葉が思いつかなくてそう言うと、兼須衛は申し訳なさそうな苦笑を浮かべた。

「薫子には済まなかったね。ここ最近仕事が忙しくて」

「あ、いえ、いいんです。こうしてお顔を見られるだけで」

それは本当だ。ただ、今はその顔を見るのが少し辛い。胸が苦しくなる。

胸に手をやりながら、ちらりと萱野を窺《うかが》うが、彼は真っ直ぐ前を見て立っていた。

彼は何を考えているのだろうか？

自分があれこれ悩んでいるのに、涼しい顔をしている萱野がなんだか憎い。

「兼人が戻ってきたから、薫子も寂しくならないだろうと思っていたのに、あれは屋敷に寝に帰って来ているだけのようだな。まったく仕方のない奴だ」

「兼人さん、お仕事忙しいみたいですね。大叔父様はさらに……。あの、あまり無理をしないで入院していたことを知った今、仕事をしすぎてまた入院なんてしないでと言いたいところだが、」

兼須衛はそのことを薫子には伝えないようにしていたのだ。だから、そう言うに留める。

「その兼人のことなんだが……、もう知っていると思うが、薫子、兼人と結婚しないかね」

「あ……」

まさかその話が今出るとは思っていなくて薫子は絶句する。

ちらりと萱野を見ると、萱野の顔も一瞬だけ引きつったように見えた。しかしそれは、すぐに執事の顔に戻ってしまう。

「ああ、いや、無理にとは言わない。他に気に入った男がいれば、また話は別だ。この間のパーティーでは気に入った相手は見つからなかったようだから、また新たに違うメンバーを招いて何か催し物をしてもいいのだよ」

気に入った男がいればと言うけれど、それは結局のところ、兼須衛の眼鏡に適《かな》った相手でなければばいけないようだ。

「あの、それって、私が外へお嫁に行ってもいいってこと？」

兼人が東三条を継ぐのなら、当然そうなるだろう。

「ん？　屋敷を出て嫁に行きたいのならそうしなさい。私は薫子が幸せになってくれればそれでいい」

その言葉に薫子は涙ぐみそうになる。今ここで、私は萱野と一緒になりたいと言ってしまいたくなった。

兼須衛が本当に薫子の幸せを願っているのなら、たとえ難色を示したとしても反対まではしないはずだ。

「私……、か……」

萱野が好きだ、と思わず言いかけた時、横からすっと萱野の手が伸びてきた。

「カトラリーに曇りがございますね。お取り替えいたします」

「あ……」

ナイフにもフォークにも曇りなんてなかった。

薫子の言葉を遮《さえぎ》るために、萱野はわざとやったのだ。

「薫子？　何か？」

表情が険しくなっていたのだろう、兼須衛が心配そうに問いかけてきた。

「あ、ううん。なんでもない」

「何か言おうとしていたんじゃないのか？」

「その……。か、兼人さんはまた外食なのかなって」

そうごまかすと、兼須衛は眉間に皺《しわ》を寄せてため息をつく。

「まあ、仕方ない。あれの仕事は夜が多い。それでも屋敷に戻ってくれているが、やはり薫子は寂しいか？　結局いつも一人で食事をさせてしまっているし……」

「私は……。たまにこうして大叔父様とお食事できれば……」

兼人ともたまには食事がしたいと言うべきだったが、つい兼須衛の名だけ出してしまった。あんなに懐かしく思い出していた「とっくん」のはずなのに、今はもうなんの感情も湧かないのが不思議だ。

「それでいいのか？　欲がないな。それにしても……」

兼須衛はそこでいったん言葉を切って、軽くため息をついた。

「ここ最近は本当に忙しかった。萱野にも付き合わせて悪かったと思っている。彼は本来執事であって、私の秘書ではないのだが……」

何故萱野の話まで？　と薫子はどきんと胸を鳴らす。

「秘書が交通事故に遭ってしまってな。入院して、復帰するまでの間、代わりを頼んでいた」

「その秘書の方、大丈夫なの？」

入院して復帰するまでと言うからには、秘書はもう《大丈夫》なのだ。なのにそんな質問をしてしまう。萱野の名前を聞いただけで薫子は動揺していた。

「ん、ああ……。まだ足にテーピングはしているけれど、通常業務には差し支えがなくなったよ。それにしても萱野はよくやってくれた」

兼須衛はちらりと萱野を見て微笑《ほほえ》む。

「いえ、大したお役にも立てませんで。松田《まつだ》さんが優秀な方で、門外漢《もんがいかん》の私が見てもすぐわかるよう、スケジュール等を管理したファイルを作っていらっしゃったおかげです」

松田というのがその秘書の名前なのだろう。

「そう謙遜《けんそん》するな」

その後兼須衛は、たまたま萱野といた時に、松田が事故で怪我をしたという知らせを聞いたのだと語った。そのまま萱野が彼の代わりにありとあらゆる手筈《てはず》を整えたのを見て、しばらく秘書代理をさせたのだという。

「なのに……。残念だ。萱野はこのまま執事でいいと言う」

薫子ははっとする。

まただ。兼須衛までが残念だと言う。

「そんなにお前は執事の仕事を気に入っているのか？　もっと表舞台に出る気はないのか？」

「はい。私は今のままで充分です」

微笑み頭を下げる萱野に対して、兼須衛は苦笑を浮かべる。

「またそれか……。まあ無理強いはしないが……」

兼須衛はそれっきりその話題には触れず世間話をし始めたが、薫子は相槌《あいづち》を打つのが精一杯だった。

今のままで充分と言った萱野の言葉がいやに耳に残り、重苦しい気分になる。

岡江が教えてくれた。萱野は先代の孫であると。ただし愛人との間の孫、即《すなわ》ち日陰の存在なのだ。

彼はその事実をずっと気にしている。

だから執事でいいと、後継にはならないと決めている。そういうことなんだろうと彼の胸の内を考えると切なくて仕方ない。

そしてもしも、もしも……

萱野が自分のそんな出自を気にして、薫子の気持ちにきちんと応えてくれないのなら……。それは嫌だ。駄目だ。

やはりきちんと萱野と向き合って話さなければ。今夜萱野が屋敷にいるのなら、こんなチャンスはない。

早くこの食事が終わってほしい。

兼須衛との食事でそんなことを思ったのは初めてだった。

＊＊＊

今夜も萱野は薫子の部屋を訪れなかった。なんとなく来ないのではと思っていた。だから……

薫子は萱野の部屋の前で気合いを入れるように、ぐっと拳を握った。それから二、三回深呼吸してドアをノックした。

夕食後、何度も頭の中でシミュレーションした。彼の顔を見たら言う言葉も決めている。なのにドアが開いたとたん、頭の中が真っ白になった。

「お嬢様……。こんな時間にどうなさったのですか？」

現在の萱野は、いつもの執事の制服である黒いタキシード姿ではない。グレーのTシャツに同系色のジャージを身に着けている。

そんな姿を見るのは初めてで、薫子は激しい動悸《どうき》に襲われた。

「えっと、その……」

「お嬢様ともあろう方が、執事の部屋をそのような格好で訪ねてくるなど、あるまじきことです」

最初こそ薫子を見て驚いた顔をしていた萱野も、素早く自分を取り戻したようで、今は眉を顰《ひそ》めてため息をついている。

「私……」

そのような格好と言われたパジャマの裾をぎゅっと握り、薫子はうつむく。が、すぐに顔を上げ、萱野に何も言わせず彼の部屋に滑り込み、後ろ手にドアを閉めた。

「お嬢様？　一体何を……」

「何って……」

薫子は一瞬言葉に詰まった。その隙に萱野がドアを開けようとする。

「やめて！　追い返さないで。私、あなたが好きなのっ！」

ドアに伸びた萱野の腕にぶら下がるようにして、薫子は必死に告げる。

「なのに、まだあなたの口から何も聞いていない。何もっ！　だから逃げないで！」

「お嬢様、あなたはまたっ……。また私を……私の理性を奪うおつもりか」

苦しげに顔を歪《ゆが》め、萱野は大きく息を吐く。なんとかして気持ちを落ち着かせようとしているのだろう。

「それ……。理性を奪うって……それは萱野も私のことが好きだって思っていいの？」

縋《すが》りつくような視線を萱野に向けるが、彼はさらに顔を歪めるばかりだ。

「だから昨夜私を……。今までは教育って言っても、絶対に私を抱かなかったのに……」

「それ以上は口を開かないでください！」

叫ぶようにして言い、萱野は薫子を突き放そうとした。

「いや、駄目！　私が嫌いなら嫌いって言って。昨夜のあれはつい手を出しただけで、本当は私のこと、にわかお嬢様としてしか見ていないなら、そう言って。それが本当なら私、受け入れるから。それにあの後、本当は私に何か言うことがあったから追いかけてきたんでしょう？」

そう訴える自分の声が、だんだん涙声になっているのに薫子は気づいていない。

「お伝えしたいことは確かにございました……。しかし何故……私の気持ちを知りたいのですか。たとえ私の気持ちを知っても、あなたは東三条薫子様です。兼人様と……」

「だからよっ！」

薫子は萱野の言葉を途中で遮《さえぎ》り、声を荒らげた。

「だって私は今、宙ぶらりんだもん。このままじゃ、どうしていいかわからないんだもの！」

「わからない？　何がわからないとおっしゃるのですか？」

そう聞き返しながら、萱野はいつの間にか流れていた薫子の涙をTシャツの袖で拭ってくる。

「あなたが私のこと嫌いって言ってくれれば、きっとこのまま兼人さんと結婚できる気がする。でも……、あなたの気持ちがわからないままじゃ、どうしていいかわからない」

「それは……」

萱野の顔がますます歪む。やがて何かを諦めたように首を振ると、薫子の顔をまっすぐに見つめてきた。

「私は……。後悔しています。先ほど、その扉を開けるべきではなかったと。私も本当はどうしたらいいかわからない。いや、今でもわからない……」

「萱野？」

萱野が迷っている？　いつでも冷静沈着で明晰《めいせき》なこの人が？

こんな状況だというのにそれが妙におかしくて、薫子は微《かす》かに口元を綻《ほころ》ばせた。

「……ふっ……。笑っていらっしゃいますね？　今はとても深刻な状況なのではございませんか？」

そう言う萱野も薄《うっす》らと笑っていて、薫子は少し気持ちが軽くなった。

「萱野こそ、笑ってる。どうして？」

「何故でしょうかね？　もう……お嬢様に負けたからだと思います」

優しい表情になった萱野がそっと薫子を抱きしめてくる。そして耳元で甘く……けれども悲しく囁《ささや》いてきた。

「え？　どういうこと？」

彼の声をもっと聞いていたかったけれど、思いがけない言葉に驚いて聞き返す。

「私も……お嬢様と同じ気持ちだからですよ。だからこそ、あなたがほしくなった。抱きたかった……、抱いてしまった。それも我を忘れて」

それはもう好きだと告白されたも同然だ。何よりも、薫子が知りたかった萱野の気持ちでもある。

胸が熱くなり、嬉しくて息すらできない気分になる。

「萱野……」

「好きになってはいけない相手。どんなにいやらしい教育をしても、最後までしてはいけない相手。……その教育も、ただの方便なのです。あなたが愛《いと》しすぎて、どうしても触れたいと……」

「あっ……」

さっき萱野に拭われたばかりの涙だったけれど、また溢《あふ》れてきそうになった。

「けれど私はただの執事……。お嬢様とは身分が違いすぎます。私のした行為は赦されることではありません。それに、あなたの幸せを第一に考えなければいけない。だから……」

なのに萱野は、薫子の気持ちに水を差すような言葉を口にした。その顔は悲しみに歪《ゆが》んでいる。

「やめて！　それ以上言わないで！」

続く萱野の言葉を予想して、薫子は大声で遮った。

「私、屋敷を出るから。そうすれば……。それに私知ってるの、あなたがこの東三条の血筋だって」

「……っ」

萱野の目が大きく見開かれた。はっと息を呑む音まで静かな部屋に響く。

「その話を知った時、だからあなたは私に意地悪なんだと思った。急に出てきた私が東三条の跡取りになったから、嫌われているのかもって……」

「誤解です」

心外だという風に、萱野は眉を思いっきり顰《ひそ》めた。

「私の態度を意地悪だと感じていらっしゃったのなら、それはわざとです。万が一にでもあなたが私を好きにならないように……。私は一執事で充分なのですから」

「うん」

薫子は笑みを浮かべる。

「でもね、万が一だなんて、どうしてそんなに身分に拘《こだわ》るの？　そもそも身分だとか執事だからとかって、いつの時代の話よ」

「それは……」

萱野も笑みを浮かべたけれど、その表情はどこか寂しげだ。

「確かに……二十一世紀にもなって、身分がどうのというのは遅れているかもしれませんが……。私には、それなりの理由があるのです」

薫子を落ち着かせるように萱野は彼女の手を引いてベッドに座らせた。

シンプルなデザインの部屋だ。広さは六畳ほどで、家具もベッドと作りつけの箪笥《たんす》、それに机ぐらいしか置かれていない。

「私の父は、東三条の先代と愛人の間にできた子供です。認知のみで東三条の籍には入っていません。父は一生を東三条の使用人として……執事として過ごしました」

「え？」

岡江から話は聞いていたが、使用人として育てられたことまではさすがに知らず、薫子は眉を曇らせた。

「どこまでお嬢様がご存知かわかりませんが、父は旦那様の年の離れた異母弟《いぼてい》になります。父が産まれた当時、旦那様――兼須衛様はもう成人なされておいでで、東三条の後継と決まっておりました。ですから先代様は、男児といえど愛人の子供など必要ないと判断されました。けれど万一の場合を考え、認知だけしたのです」

「ひどい、そんなの。愛人の子供だからって……」

胸が苦しくなり、薫子は胸元を無意識に押さえていた。

「先代様は明治生まれの方でしたから……。今の時代の考え方とは価値観も異なります」

萱野にとってはそんな先代でも祖父なのだ。だからだろうか、薫子と違って憤慨《ふんがい》している様子は見られない。

「父は、認知していただいただけでもありがたいと、いつも申しておりました。きちんと認知されたおかげで、使用人としてこの屋敷に住むことができ、ある意味何不自由なく育ったのですから」

「何それ？」

時代錯誤もいいところだし、萱野は自分を卑下しすぎていると、頬を膨《ふく》らませてしまう。

「それに、今の旦那様にも私はとても感謝しているのです。いえ、むしろ今の旦那様にこそ感謝しています」

「だから、血縁なのになんか変よ、そういうのって」

「ですが、本当のことですよ」

そのまま萱野は、父母のことと自分の生い立ちを語りだした。

萱野の母は、父の高校の同級生だったが、彼女の父は東三条とはライバル関係にある会社に勤めていた。そのため結婚に反対されたという。

結果二人は駆け落ち同然に結婚し、萱野が生まれた。だが間もなく母が亡くなり、後を追うように父も亡くなったという。

「私が二歳の時でした。危うく施設に送られそうになっていた時手を差し伸べてくださったのが、今の旦那様……兼須衛様です。先代を説き伏せて私を引き取ってくださいました。だから私は旦那様に、ご恩返しをしたいと……」

「ま、待って、だからおかしいって、そんな考え方……、あなたまでそんな前時代的な」

時代錯誤《さくご》も甚《はなは》だしい。薫子は、自分が明治時代にタイムスリップでもしてしまったような錯覚を覚えた。

「確かにそうですが……。しかし本当に先代は厳しい方でしたよ。引退なさった後は伊豆の別荘で過ごしていらっしゃいましたが、そこからも常に目を光らせておいでででしたし。お嬢様のお母様が再婚なさろうとした時に反対されたのも先代様でした」

その話は屋敷に来た当日に、兼須衛から聞いて知っていた。

「でも……」

と、萱野は微笑《ほほえ》んだ。

「結局執事という仕事は、私の性に合っていたんです。好きでやっているのですよ」

そういう理由ならわかると薫子も微笑んで頷《うなず》く。

部屋の空気も重苦しい雰囲気から穏やかな雰囲気に変わったが、薫子は、ふとあることを思い出した。

萱野がここまで話してくれたのだ。次は自分が話をしなければ。

「話してくれてありがとう。次は私の話を聞いてくれる？　私が今晩この部屋に来たのは……。私はその……。萱野が……。だから兼人さんとは結婚なんてできそうにないってことで……」

「私に兼人様とのご結婚を止めさせたいのですか？　それとも私と駆け落ちでもいたしますか？」

薫子が言いたいこと、聞きたいことを理解したのか、萱野は静かに尋ねてきた。

「駆け落ち……。それは……」

それだけ私のこと想ってくれている？　……愛してくれている？

頭に一気に血が上って薫子の動悸が激しくなる。

そして改めて、自分がものすごく照れくさくて恥ずかしい話をしてしまったんだと気づき、顔が真っ赤になった。

こんな勇気が自分にあったことにも驚いている。

「本当に……」

萱野は優しく目を細めながらため息をつく。その意味を測りかねて首を傾げると、萱野はまたため息をついてから口を開いた。

「だからお嬢様をこの部屋に入れたくなかった」

「何？　またそれなの？」

結局萱野は自分を避けるのかと薫子は悲しくなる。

「何故そのようなお顔を？　あなたは私の申し上げたことをまったく理解していないのですか？」

萱野の眉が微《かす》かに跳ね上がる。

「は？」

薫子の眉もつられて跳ね上がる。

「また私を馬鹿にしているの？　私……こんなに真剣に……」

どっと涙が溢《あふ》れてきて視界が曇った。その視界がさらに陰り――いや、暗く見えなくなった。同時に頬に柔らかい感触があり、薫子は頬に口づけされているとようやく気づく。

「何度お拭きしても涙を流される……」

頬の上で萱野の唇が動き、流れ出た涙を舌が舐め取っていく。その感触に思わずぞくりと背筋を震わせると、気づいた萱野が微《かす》かに笑った。

「まだおわかりになりませんか」

微笑《ほほえ》みを浮かべたままの萱野に、じっと目を見つめられる。

「お嬢様とこうしてお会いしてしまうと……。このままあなたをさらってどこかへ行きたくなってしまう。だからこの部屋にお入れしたくなかったのです」

「あっ……」

薫子は頬を赤らめた。

「許されるのなら、本当にこのままあなたを連れて屋敷を出てしまいたい。けれど、旦那様を残して出て行くことも私にはできない」

柔らかく微笑んでいた萱野の表情が苦渋に満ちたものに変わる。

「それは……」

私もそうだと、薫子は唇を噛んだ。兼須衛を残して出て行けない。

「だから私は、覚悟を決めなければいけません。もちろん、お嬢様も」

「わかってる。私だって、大叔父様の期待通りにとっくんとは結婚できないし、かといって大叔父様を残してこの屋敷を出られない。どんなに大叔父様に嫌われたり呆れられたりしても、出て行けない。だから、養女をやめてこの屋敷のメイドになる。明日にでもそう大叔父様に言うわ」

そう言ったとたん、萱野の顔が歪《ゆが》んだ。

「メイドとは飛躍しすぎでしょう。それにとっくんというのは……」

萱野が続けて言いかけた瞬間、周囲に鋭い機械音が鳴り響いた。

「な、何？」

驚いて薫子が声を上げた時、萱野はもう部屋のドアを開いていた。

「旦那様に何か……」

「えっ！」

「ナースコールのようなものです。お嬢様はいったんお部屋にお戻りを……！」

早口でそれだけ言うと、萱野は部屋着のまま兼須衛の部屋へ走って行った。

九

兼須衛が倒れた。

やはり、病身での仕事は負担が大きかったのだ。病気以前のままだった仕事量と行動が原因だという。

倒れた晩の食事の際、もっと注意深く兼須衛を見ていればと、薫子は自分を責めた。萱野はそれ以上に責任を感じたらしく、兼須衛の緊急入院以来、ほとんど病院で付き添いをしている。

医療スタッフによる完全看護のため、夜だけ屋敷に戻ってくる生活だ。

今回は、集中治療室での危うい状態が続いていたから心配していたが、今日やっと一般病棟の個室に移ることができた。

しかし、酸素マスクや身体のあちらこちらにさまざまなチューブをつけられた痛々しい姿には変わりなく、見舞いに訪れた病室で、薫子の顔は曇りそうになった。

一般病棟に移ったと聞いたから、もっと普通の状態だと思っていたのだ。

病室に入ったとたん、息を呑んで固まった薫子に、兼須衛の側にいた萱野が微笑《ほほえ》みかけてきた。

まるで、安心しろ、大丈夫だと言ってくれているようなその態度に薫子は少しだけほっとして、
兼須衛のベッドに近寄った。

「毎日来なくてもいいのに……」

薫子の顔を見ながら、兼須衛はそう言って苦笑する。

萱野がベッドの背もたれを少し起こしたが、その様子に薫子は心を痛めた。

自分でリモコンを取ってベッドを操作することも今の兼須衛には大変なのだ。

こうして会話ができるくらい回復しているのだが、医者はまだ予断を許さないと言っていた。

「あれ、言わなかったったっけ？　今夏休みだから暇なのよ。それに大叔父様が今日から個室に移ったって聞いたから、どんな場所かなーって思って。ここ、病室じゃなくてホテルみたいね」

薫子は不安な感情を兼須衛に気取られないようにわざとはしゃいでみせる。

病室をぐるりと見回し、目についたドアを開けたり閉めたりもしてみた。

実際この部屋は、病室というよりもホテル、いや億ションのワンルームのようだった。

バス・トイレはもちろん、小さいながらもキッチンがついているし、応接用ソファの近くの壁には四十号サイズの風景画がかかっていた。

それも複製ではない。薫子の大学の教授のサインが入っていた。

へー。あの先生の絵だ……

ふと絵に気を取られていると、背後で兼人の声がした。

「仕事前についでに寄ってみたんだけど……」

兼人は病室に入るなりそう言って、ソファに遠慮なく座る。

「あ……。こんにちは」

同じ屋敷に住む家族なのに、「こんにちは」と挨拶するのは間が抜けていると思ったが、薫子はついそう言って頭を下げる。

「ええっと、今の会話、聞いていました？」

変な挨拶をしたのをごまかすように、薫子は慌てて付け加える。

「ん？　何が？」

兼人は首を傾げた。

「今、毎日顔を出す必要はないって言われていたところだったので……」

「へー。そんな話してたんだ。偶然だね。僕もあまり顔を出せなくなるよって言いに来たところだったから」

兼人はニコニコと笑って薫子と兼須衛を見た。

「ふむ。仲がよさそうでいいことだ。いい夫婦になりそうだな。生きている間に二人の結婚式を見て見たいものだ……」

笑顔の兼人を見て何を感じたのか、兼須衛は唐突にそう切り出した。

「な、何言ってるの大叔父様、その、生きている間に見たいだなんて、まるで……」

死を仄《ほの》めかすようなことは言わないでほしい。そう続けたかったが、死という単語を口にすることはできなかった。

それに……

兼人さんと結婚？　でも私が好きなのは萱野だし……

頭の中が真っ白になった。

萱野はどんな顔をして今の兼須衛の言葉を聞いているのだろう。彼に目を向けることができず、背中に嫌な汗が流れる。

「う、うん……。僕もまだ結婚は早いかなって思うけど……」

困ったような表情を兼人は浮かべたが、少し間を開け、また口を開いた。

「式を挙げるくらいなら……。ね、薫子さん」

とんでもない台詞《せりふ》に薫子は息を呑んで固まる。

「いいよね」

同意を求められ、薫子はぎこちなく頷《うなず》いた。

＊＊＊

なんで頷いちゃったかな……

その晩、薫子はベッドに入ったまま眠れなかった。あの後、誰と何を話したのかもよく覚えていない。ただ、兼須衛は嬉しそうに笑っていた。その顔だけは印象深く覚えている。

そして、頷いた瞬間、萱野が驚きと悲しみ、それから仕方ないと諦めるような、感情すべてを一瞬のうちに凝縮した複雑な表情になったのも覚えている。

もちろん萱野が異を唱えることはなく……

あの場で執事という立場の萱野が口を挟めるわけがない。そうわかっていても薫子は悲しかった。

そもそも兼人さんがあんなにすぐにオッケーするからいけないんだ。

彼さえもっとためらってくれたら、萱野だって何か言えたかもしれない。私だって……

なんで彼はすぐに返事をしたんだろう。

いや、兼人も困った顔はしていた。と思い出し、薫子は深いため息を漏らす。

誰かを責めても仕方ない。そうするしかなかったとしても、同意してしまったのは自分なのだから。

でも、何か言いようはあったはずだし、今ならまだ他の手段も取れるはず。

萱野に相談しようか？　いや、いっそ兼人に直接……

気づくと薫子はパジャマ姿のまま、衝動的に廊下へ出ていた。だが、兼人が屋敷のどの部屋を使っているかも知らない事実に、愕然《がくぜん》とする。

けれどなんとなく離れではないかと見当をつけて、そっと裏庭に出た。

「こんな時間にどちらへ行かれるおつもりですか？」

なのに、背後から声をかけられ、薫子は飛び上がって驚いた。

「きゃっ！」

振り返ると、萱野が険しい顔で立っていた。まだ仕事をしていたのか、いつもの執事服姿だ。

「か、萱野。驚かさないで」

「驚いたのは私の方です。何故このような遅い時間にこちらに？」

「そっちこそどうして……」

なんとか言い逃れをしなければと思って聞き返すと、

「私の部屋は裏庭に面していますから。お嬢様のお姿が窓から見えました」

と、あっさり返された。

「あ……」

そうだった。萱野の部屋からは丸見えだったんだっけ……

下手な言い逃れをするより、最初から目的を言った方がよかったのかもしれないと、薫子は萱野を真正面から見つめる。

「あのね……。あの……。大叔父様の病室でのことなんだけれど……。頷《うなず》いちゃった私も悪かったと思うけど……」

「何故止めてくれなかったのかと、そう私に問うおつもりですか？」

萱野はひどく悲しそうな顔をして、一瞬目を伏せた。

「だからそれは、私が悪いの。それに執事という萱野の立場もわかってる。でも……。兼人さんなら……」

「わかっていらっしゃるのなら……」

と、萱野は瞳を瞬《またた》かせる。庭の常夜灯《じょうやとう》の光が弱いせいか、さっきよりもいっそう深く悲しげ……いや、傷ついているように見えて、薫子は胸を痛めた。

「それに……。この離れに兼人様はいらっしゃいません」

薫子に納得させるためなのだろう、萱野は鍵を取り出すと、離れの玄関を開けてみせた。

促《うなが》されるままに中に入ったが、そこは埃除《ほこりよ》けの布がかかった家具があるばかりで、人の気配はなかった。

「鍵……。持ってるんだ……」

気まずい雰囲気に耐えきれず、そんなことを言う。

「マスターキーです。常に持ち歩いております」

「そうか。萱野がこの屋敷を仕切っているんだから、マスターキーぐらい、いつでも持っているんでしょうね」

「ええ。ですから、あなたをここに閉じ込めるのも簡単です」

「え？」

何かの聞き間違いだろうか？　閉じ込める？

「何を……言っているの？」

「ここから母屋は遠いので、あなたがどんなに叫んでも周りに声は届かない」

「萱野？」

窓から差し込む常夜灯《じょうやとう》が、萱野の顔半分にだけ光を当てている。そのせいだろうか、何故か彼が怖く見えて、薫子はじりっと後退した。

「あの……。何かの冗談よね？」

「いいえ」

顔を横に振りながら近づいて来る彼がやっぱり怖くて、薫子はさらに半歩下がる。

「冗談ではございません。あなたは閉じ込めてでもおかないと、何をしでかすかわからない」

本気だ……。

萱野の醸《かも》し出す雰囲気にそう悟り、薫子は息を呑んだ。

「幸いこの離れには、バス・トイレが完備しております。屋敷の使用人には、お嬢様は旦那様の看病のため、病院近くのホテルにお移りになられたとでも言えばいいですし……」

「ちょっ……、それって本当に、私がここに閉じ込められても誰も気づかないというか、屋敷にいなくても変に思わないってこと？　で、でも食事はどうするつもりなの？　私餓死しちゃう」

緊張から逃れるためか、薫子は妙なことを口走っていた。

「この私が一人分の食事くらい、密かにご用意できないとでも？」

それは萱野が、こっそりと薫子の分の食事を作って持って来るつもりだということだろうか。

「待って、待って……。私……」

恐怖で身体が勝手に後ろへ下がり、背中が何かにぶつかった。そのとたん、ガタンと派手に音が上がる。

「危ない！」

叫ぶと同時に、萱野が薫子に覆いかぶさってきた。

薫子の身体が本棚に当たった拍子に、上から何かが落ちてきたのだ。

ドサドサッと物が落ちる音が周囲に響き、薫子はとてつもない既視感に囚《とら》われた。

なんだろう。昔も同じようなことが……

「ご無事ですか？」

萱野は薫子が無事なのを確かめると、さっと身を引いた。本棚から落ちてきた古雑誌を拾って隅に除《よ》ける。

「全く、何故こんなところに雑誌が……。週に一度はきちんと掃除させているのに。係の者にきちんと言っておかなければ……」

「係の者に、言う……？」

その言葉に——正確には似た感じのフレーズに、聞き覚えがあった。

「ええ。それより、お嬢様は本当にご無事ですか？　お怪我などございませんでしたか？」

薫子の前に手が差し出された。その手を見たとたん、目の前に過去の光景がさっと広がった。

「とっくん？」

「はい？　この期に及んで、まだ兼人様の所へ向かわれるおつもりで？」

きつく萱野の眉が寄せられたが、薫子はふるふると首を横に振った。

「違う、そうじゃない。そうじゃ……」

がばっと身体を起こし、薫子は萱野に抱きつくようにして彼の背中に腕を回した。そのまま服を捲《めく》り上げる。

「ちょっ……。お嬢様、何をっ」

うろたえた萱野が薫子の腕を外そうとしたが、それより早く薫子は叫んでいた。

「とっくんでしょ。萱野がとっくんなんでしょ！」

「……っ！」

「もし違うというなら、背中を見せて……。とっくんなら、背中に傷跡があるはず。私を庇ってできた傷跡が……」

そう。やっと思い出したのだ。

薫子の部屋で壁に一緒に落書きをして、それを消そうと二人で物置に洗剤を探しに行った。

その時今のように薫子が棚にぶつかり、弾みで上に置かれていた電球の入った段ボール箱が降ってきたのだ。

しかも悪いことに、箱の蓋が開いていたため、とっくんの背中を直撃した電球の破片が突き刺さった。

それなのにとっくんは痛そうな顔一つせず、薫子に手を差し伸べ、「係の人にしっかり言っとかないと」と言ったのだ。

そうして平気な顔をして外へ出ようとこちらへ背中を向けたとっくんの姿に、薫子は大声を上げた。

血でべっとりと濡れた背中に、服を突き破って刺さった破片が妙にキラキラと輝いていて……

「私……。私……。どうして忘れていたんだろう。どうして……」

兼人はとっくんではなかった。とっくんは、目の前にいる萱野だった。だから、昔の写真の兼人を見た時、違和感を覚えたのかと、薫子は納得した。

「萱野が……。とっくんなんでしょう？」

「……」

ふぅっと長い息を吐くと、萱野は自ら服を捲《めく》って、薫子の手を傷跡に導いた。指先に少しだけ盛り上がった皮膚が触れ、薫子はびくっとして手を引っ込める。

「やっぱり、とっくん……。萱野が、私の知ってるとっくんなんだ」

じわりと涙が溢《あふ》れてきた。だから私は、萱野が好きになった……いや、違う。きっと最初から好きだったんだ。

とっくんだから、どんなにいやらしいことをされても嫌じゃなかった。彼こそが好きな相手であると、身体が心より先に認識していたから。

「なんで、最初に言ってくれなかったの？」

「それは……」

と、萱野は悲しげに苦笑した。

「お嬢様が思い出してくださらなかったからですよ。本当は少し期待していたのです。月日が経っていても、すぐに思い出していただけると。なのに現実は違った。しかも兼人様のことと記憶違いまでされていて……。つい意地悪な態度を取ってしまいました。子供ですね、私は……。あのような夜の教育を提案してしまったのも、お嬢様だったから……。私の大好きなかおちゃんだったから」

「あ……」

かおちゃん……。かつてそう呼ばれていたのを思い出し、薫子の胸が甘酸っぱい感情で満ちる。

「で、でも……。私、なんで本当に忘れて……」

薫子は口早に言った。

「おそらく……。人というものが、嫌なことや怖かったことを忘れるようにできているせいでしょう」

「え……」

「お嬢様の場合、私の怪我を……。おそらく血をご覧になったことがきっかけです。私の怪我をご自分のせいだと思われた。だからでしょう」

「思われたって、あれは実際私が……」

言いかけると萱野はそれ以上言うなとばかりに口づけをした。

それに応えようとした瞬間、あっさりと唇が離れていく。

「けれど……。お嬢様が気づかないのなら、それはそれで……」

と、彼は一度天を仰いでから、また薫子に視線を戻した。その瞳が揺らいでいる。

「ずっと気づいてくれなかったら……、気づかずにいてくれたら、あなたの幸せだけを願って身を引くことができたのに……」

「え、いきなり何を？」

本当に何を言い出すつもりか萱野を見つめると、彼は苦しそうに顔を歪《ゆが》めた。

「それを私に最後まで言わせますか？」

「それ……」

不意に薫子の身体が冷えた。実際に寒いわけではない。心が悲しみに震えているのだ。

「私に兼人さんと結婚しろっていうこと？」

萱野がそう考えてしまったのは、やはり自分が病室で安易に頷《うなず》いたからだろうか。それなら結局、自業自得だ……

「泣かないで」

目の前が霞《かす》んできて、薫子はぎゅっと目を瞑《つぶ》った。そのとたん涙が頬を伝う。

庭からの常夜灯しかない室内でも、萱野が微笑《ほほえ》んだのがわかった。

「気づかずにいてくれたら身を引けた、と言ったのですよ」

ハンカチが頬に押し当てられた。ゆっくり壊れ物を扱うような手つきで拭われて、薫子は目を見開く。

「あっ……。それって……」

「今、お嬢様は私を思い出してくださいました。ですからもう、身を引くにも引けなくなったのです。おわかりですか？」

覚えの悪い生徒に言い聞かせるように言う萱野に、ほんの少しだけ腹立たしさを覚えながらも、薫子は嬉しくてまた涙を流しそうになった。

けれど私が気づかなければ、やっぱり身を引くつもりだったのかと、複雑な気持ちになる。

「なんですか？　笑ったり泣いたり、忙しい方ですね」

「だって……。身を引く用意をしていたってことだし……」

つい口にすると、萱野の表情が曇った。

「そうですね。どれだけ私が悩み、苦しんで……、悲しんで苛立って……。お嬢様の幸せを、旦那様以上に願ったと……」

「ごめんなさい」

薫子は萱野に抱きついた。

「ごめんなさい。あなたが悩んだり苦しんだりしていないわけがなかったよね。きっと忘れていた私以上に……」

わかればいいんだと言わんばかりに、萱野は薫子をぎゅっと抱きしめ返してくれた。

「もう、誰にもあなたを渡さない。私の執事としての力を全て注いで……。いえ、私自身の持てる力で……。何がなんでも阻止してみせます」

耳元で熱く囁《ささや》かれ、薫子の心も身体も蕩《とろ》けていく。

「萱野……とっくん……」

「ああ。やっと、そのあだ名で呼んで下さいましたね。お嬢様がとっくんとおっしゃる度《たび》に、目の前にいる私がそのとっくんなのだと、悲しみで私の胸がどれだけ痛んだかおわかりですか？」

「わかるわ」

薫子は一つ頷《うなず》き、微笑《ほほえ》んだ。

「だって今の私がそうだもの。私はお嬢様じゃなくて……」

「かおちゃん」

萱野も微笑《ほほえ》み返し、熱の篭《こも》った声でそう呼ぶ。

その声が耳に心地よく、薫子の身体を痺《しび》れさせた。同時に、とっくんと遊んだ日々が目の前に鮮やかに甦《よみがえ》る。

「とっくん……。何年ぶりだろう。こうやって呼びかけるの。私、俊義という萱野の名前をうまく発音できなくて、とっくんと呼んでいたんだっけ」

「おや？　お嬢様、また萱野ですか？」

「そういうあなたも」

互いに笑い合い、額と額をくっつけあった。

「でも、なんで私はとっくんが兼人さんだって思い込んだんだろう？」

「それは、私がいつも屋敷にいたからでしょう。屋敷に住んでいる私を子息だと……。兼人様は当時お身体が弱く、療養のためにずっと高原の別荘で暮らしておられましたから」

それは初耳だった。しかし、今は元気そうにしているから、もう大丈夫ということなのだろう。

「けれども……、本当にこうやって思い出していただけるとは。私はますますあなたを……かおちゃんを……」

手放したくない。

その言葉は薫子の唇の上で呟《つぶや》かれた。そのまま彼の舌が歯列を割って入ってくる。甘い弾力と感触に、薫子の身体はすぐに蕩《とろ》け出し熱を持った。

「んっ……」

絡《から》んでくる舌に自分からも応えて、薫子は萱野の背に手を回す。服の上から傷に触れようと動かすと、すぐにその場に押し倒された。

背中に床の硬さが伝わったが気にならない。むしろ次に彼が何をしてくれるのか期待して、息が弾んだ。

それが伝わったのか、きつく舌を吸われる。強すぎて痛いくらいなのに、溢《あふ》れる唾液が蜜のように感じる。

こんなキスは教育してもらわなかった。こんなに痺れるものもあるなんて……

ぼんやり思っていると、不意に彼の唇が離れて、首筋を舐め上げられた。

「あっ」

小さく喘《あえ》ぐと、萱野は含み笑いとともに、薫子の胸を、着ていたパジャマの布ごと口に含んだ。

「ひゃっ」

薫子は寝る時ブラジャーを外しているし、衝動的に出てきたから、薄い布の下はすぐに素肌だ。

だからダイレクトに萱野の舌を感じてしまった。

なのに直接触れられていないもどかしさも同時に感じ、身体が焦げつく。

「どうしましたか？」

ねっとりと舌を使って、萱野は硬く尖《とが》り始めた乳首を布ごと吸い上げた。

「ふっ、あぁん」

とたんに身体の奥から熱いものが滲《にじ》み出してくる。

「下着をおつけになっていないから、布が張りついて乳首が透けて見えますよ？　ものすごく勃《た》っている。感じていらっしゃるんですね」

「や……だ……」

何もこんな時まで『執事の萱野』のしゃべり方をしなくてもいいのに……

そう訴えたかったけれど、これ以上口を開くと嬌声しか出てこない気がして、ただ首を左右に振る。

「私はなんとお教えしましたか？　こういう時にはどう言うのが正解なのでしたか？」

パジャマのボタンを一つ一つ外しながら萱野に聞かれるけれど、やはり答えられない。

すると、硬くなっていた乳首を弾かれた。

「ひっ」

軽く弾かれただけだけれど、大量の電流がそこから上下に広がり、薫子の頭は真っ白になった。

両足の間も激しく潤《うる》み、下着がぐっしょりと濡れた。そんな恥ずかしい状態になっているのをまだ隠しておきたいのに、萱野の指と舌はゆっくりと下へ向かってくる。

「んん、やっ……。やだ……」

「何が嫌なのです？」

薫子の太腿を撫《な》でながら、臍《へそ》に舌を入れようとしていた萱野が顔を上げた。

「時にははっきりと自分の欲望を口にした方が男性は喜ぶとお教えしませんでしたか？」

太腿にある手が付け根まで移動してくる。そのまま萱野は指を伸ばして中心を軽く引っ掻《か》いた。

「んっっ！」

「おや？　濡れていますね。まるでお漏らしでもされたような……」

「ば、馬鹿っ！」

半身を起こし、涙目になって怒鳴りつけたけれど、萱野は涼しい顔だ。

「……馬鹿で結構」

一瞬眉をきつく寄せた萱野だったが、すぐにどこかいやらしい微笑《ほほえ》みになって、薫子の言葉など耳に入らなかったかのように、パジャマのズボンをずり下ろしてきた。

今までさんざん見られてきたし触られてきたのに、相手が執事の萱野ではなく初恋のとっくんなんだと思うと、恥ずかしさに爆発しそうだった。しかし、パジャマが脱ぎやすいように薫子も足を動かして手伝ってしまう。

「よくできました」

満足げに頷《うなず》いて、萱野は薫子の膝に唇を落とし、そのまま上へ向かって滑らせていった。

「……っあ……」

こんな風に足を舐められるのは初めてで、薫子は思わず息を詰めてしまう。けれど、期待はどんどん広がって、息を詰めれば詰めるほど身体が潤《うる》んで溶けていった。

萱野の舌の速度がそのまま薫子の鼓動になり、彼の息一つでそこから甘い痺《しび》れが這《は》い上ってくる。

彼の舌が秘められた部分に到達するより早く、ぴくぴくとそこが動いて中心から濃い蜜が零れていく。

恥ずかしくて仕方ないのに、足が勝手に開いて萱野の舌を迎えた。

ぴちゃ。

今響いた水音は萱野の舌の音？　それとも私の……

わざと理性的に考えて、すぐにでも達してしまいそうな衝動を堪《こら》えようとしたけれど無理だった。

「はっ！　あ、ああんっ」

びくんっと身体が跳ねた。

彼の舌が、さっきから綻んでいるそこに割って挿入ってくる。それだけでもう、頭の中が達することでいっぱいになって、目の前がチカチカしてくる。なのにいたずらな舌は奥のより濃厚な蜜を穿つように動く。そして、萱野の鼻が敏感な突起を押してきた。

「や……。あぁっ。あー」

喘《あえ》ぎ声しか出ない。息をするのすらなんだか辛い。けれども強烈に甘い刺激が薫子の全身を巡って気持ちいい。

「かおちゃん……。そんなに気持ちいいんだ……」

舌全体でぺろりと舐め上げられた直後、萱野のそんな言葉を聞いて、薫子の快感が頂点に達した。

お嬢様ではなくかおちゃんと呼ばれたせいだ。

「ひあっ」

床がものすごい勢いで濡れ、それは接した尻や背中にまで回る。

「ふっ……。あぁぁぁっ……。ふう……。はっ。はっ」

全身から力が抜けて、薫子はただ荒い息を繰り返す。

「おや？　もう達ってしまわれましたか？　達く時はそう申し上げてくださいとあれほどお教えしましたのに」

薫子から顔を上げた萱野が苦笑した。

何か言い返したかったけれど、そんな余力は残っていない。それどころか、だんだん眠くなってきた。

甘い痺《しび》れが残る中、余韻《よいん》に浸《ひた》りながら薫子はうっとりと目を閉じる。

「仕方がないですね」

また萱野が苦笑したのがわかったが、目を開けられない。すると身体を引っくり返された。

何を？　と思っている間に、熱い塊が双丘の狭間に擦《こす》りつけられた。

「そのまま、足を閉じていて……。ええ……。いいんですよ。眠っても……。今は持っておりませんから、これでも構いません」

「ん……。萱野？」

何を彼が言おうとして、何をやろうとしているのか、よくわからなかった。けれど次に起こった感触で全てを悟った。

萱野が滾《たぎ》ったモノを薫子の太腿の隙間から双丘の隙間にかけて、何度も擦《こす》り上げ始めたからだ。

直接薫子に挿入せずに快感を得ているのだ。

なんでそんなことを？　そうか……

眠りに引きずり込まれそうになりながらも、なんとか頭を巡らせて、薫子は一つの結論を出した。

そっか……避妊具を持っていないから……

だったら、えっと、こういう時は口ですればいいのかな？

そう思うのだが、やはり眠くて身体を動かせない。

こんなことじゃ駄目なのに。私ばっかり気持ち快《よ》くて眠くなって。ちゃんと彼にも……

薫子は彼の熱を感じながら、ついに睡魔に勝てずに意識を手放した。

＊＊＊

眩しい。

なんでこんなに眩《まぶ》しいんだろう。

そう思いながら目を開けると、最初に天窓が目に入った。

え？　何？　こんな窓、私の部屋にはなかったはず。

慌てて身を起こし、薫子はそこが離れの部屋であると気づいた。

天窓の外には早朝の気配を漂《ただよ》わせた空が広がり、そこからスズメの鳴き声が降ってくる。見回した部屋は、薫子が寝ていたベッドだけはきちんと整えられていたけれど、他の家具には埃除《ほこりよ》けの布が被せられたままだった。

「えっと……」

昨夜、何があったんだっけ？

萱野と……。萱野がとっくんだとわかった後、彼に愛撫《あいぶ》され……そこから先の記憶がない。どうやら途中で寝てしまったようだとなんとなくは把握したけれど、何も覚えていないなんて情けなくなってくる。

ベッドから起きると、自分が昨夜着ていたパジャマとは違う物を着ているのに気づいた。もちろん下着も替えられている。

ああ……。また私が寝ている間に萱野が……

想像するだけで恥ずかしくなって、誰もいないというのにどこかに隠れたくなった。

それにしても、萱野は？

どうしていないの？

いきなり不安が襲ってきて、外へ出ようと離れの玄関に向かった。

「え！」

その扉の内側に張り紙がしてあった。

『しばらくこちらの離れにいらして下さい。兼人様との結婚の件は私がなんとかいたします。どうか信じてお待ちください』

張り紙にはそう書かれていて、萱野は昨夜本気でここに自分を閉じ込める気だったのかと愕然《がくぜん》とする。

ドアには鍵がかかっており、ドアノブを握ってもガチャガチャというばかりで一向に開く様子がない。

「ひどい、本当に閉じ込めるなんて……」

一瞬窓を割って出ていこうかとも思ったけれど、『信じてお待ちください』と書かれた文字が目に入ってやめる。

萱野は……、とっくんは……、嘘をつかない。

彼が幼馴染のとっくんではなく、執事の萱野のままだったとしても、きっとなんとかしてくれるだろう。信じるに足りる相手だ。

薫子は焦る気持ちを抑え、ここから出してとドアを叩きたくなるのを堪《こら》えた。

十

今日は何日だろう？　あれから何日経ったんだろう？

薫子はベッドに寝転がりながら天窓を見つめていた。ベッドサイドの時計を見ると、午前九時を指している。

萱野が食事や着替えを持ってきてくれるけれど、決まった時間というわけではない。屋敷の者達の目を盗んで行っているせいだろうが、それらがあまりにも不規則なため、薫子の時間感覚が狂ってきているのだ。

せめて何か喋《しゃべ》ってくれればいいのに、萱野は「今しばらくここでご辛抱ください」とだけ言って去っていく。

お暇でしょうからと、萱野は食事と一緒にスケッチブックを差し入れてくれたけれど、それはいつの間にか萱野の姿で埋め尽くされた。

彼ともっと話したい。今何をしているのか、どういう状況なのか教えてほしい。

だいたい、いつまで私はここにいればいいの？　大叔父様の容態はどうなったの？

寂しさと不安で、薫子はどうにかなりそうだった。

彼を信じている。信じているけれど……

薫子は天窓をじっと睨《にら》んだ。

窓……。窓を割って外に出てしまおうか？

でも、そんなことをしたら、窓ガラスだけでなく萱野との関係も粉々に砕け散ってしまいそうでできない。

――萱野を信じて待つ。

今薫子にできるのはそれだけなのだ。

今日は何をして過ごそうか……

ため息をつきながらベッドから降り、居間へと向かう。さすがというべきなのか、東三条の屋敷の離れだけあって、３ＬＤＫの一軒家と変わらない広さと大きさだ。

昔は使用人夫婦とその子供が住んでいたようだが、かなり昔のことらしく、家具調度は古く、テレビも旧型で、番組が一切映らなかった。

もちろん電話だって引かれていないし、薫子の携帯は母屋の自室に置いたままで、萱野は持ってきてくれなかった。

私から誰か――特に兼人さん――に直接連絡させないつもりなんだな。

理解していたが、絵を描く以外にすることがないのは辛かった。それにそれって私が黙っていられず誰かにしゃべっちゃうって思われてる？　彼は信じてくれていないのではと思えて、辛かった。

冷静に考えれば、電話は自分から連絡しなくても誰かからかかってくることもあるので、萱野はそれを心配しているのだろう。

だが、どうしてそこまで、萱野は自分が誰かと連絡を取るのを警戒するのだろう。

兼須衛の容態も気がかりだ。何かあったらいくらなんでも知らせてくれるだろうけれど、毎日病室に顔を出していたから、数日でも顔を見ないだけで、どんどん心配になってくる。

「はあ……」

結局今薫子にできるのは、絵を描くことだけだ。

もう白いページが少なくなったスケッチブックをめくろうとした時、玄関ドアが密やかに叩かれる音がした。

「あ！」

スケッチブックを放り出して薫子はドアに駆け寄った。顔には自然と笑みが浮かぶ。

この離れを訪ねてくるのは萱野しかいない。

緩《ゆる》んでしまった頬のまま、薫子はドアを見た。だが、開いたとたん、笑顔が萎《しぼ》んだ。

そこに立っていたのは、使用人の川口だった。彼女はいつもメイド服を着用していたが、今日は非番なのか、私服らしいワンピース姿だ。

「朝からお探ししていたのですけれど、萱野さんの言う通り、こんな所にいらしたのね、お嬢様。まさか離れにいるなんて、思ってもみませんでした」

「え？　あの……」

萱野だと思った相手が川口だった。しかもその相手からそんな言葉を聞いて、薫子は状況が全く呑み込めない。

「どうでしたか、独身時代最後のご旅行は？　今朝早くにお帰りになったんですよね」

旅行って何？

薫子が屋敷におらず、兼須衛の見舞いにも顔を出さない理由を旅行ということにしていたのだろう。それはわかるが、独身時代最後とは、一体どういう意味なのか。

薫子はますますわからなくなり、その場に呆然と突っ立ってしまった。

「どうなされました？　ああ、朝帰ってくるのが早すぎて、まだ眠いんですね。ですが、とにかく早くお出かけしないと。さあ、参りましょう」

「あの……。あの……？」

どこへ？　と聞く間もなく引っ張り出された薫子は、車で兼須衛がいつも使っている紀尾井町のホテルに連れてこられた。

まさか……

大叔父様に何か……

そこがどこだかわかったとたん、薫子の背に嫌な汗が伝う。

だが、案内された場所はいつもの兼須衛の部屋ではなく、どう見てもブライズルームだった。その意味を悟って、薫子の背にはさっきとは違う種類の汗が大量に流れていく。

「さ、ここでお支度してくださいな。私もお手伝いしたいけれど、ここは専門の方にお任せいたします」

「お支度って……。結婚式？」

部屋で待ち受けていたのは女性二人。そして、ハンガーラックにかかった白いドレス。

「そうですよ？　まだ寝ぼけていらっしゃる？」

「えっと……。まさか私の？」

眩暈《めまい》がしてきたのを堪《こら》えながら聞くと、川口は大声で笑った。

「お嬢様、冗談はよしてください。ああ……。私が今にも泣き出しそうな顔をしていたから、笑わせようと思って言ってくださったのですね」

くすんと鼻をすすりながら、川口は何度も頷《うなず》いた。

「お嬢様がご結婚なんて……。本当に私、なんだか感極まってしまって……。旦那様もそれはそれはお喜びで、お医者様も一時退院を許してくださったので、こうしてお嬢様の晴れの姿を……」

川口の鼻すすりが多くなる。気を利かせたブライダルスタッフが差し出したティッシュを箱ごと受け取り、盛大に鼻をかむ。

「あ……」

私の結婚式？　兼人さんとの？

聞きたかったが、嬉しそうにしている川口を見ていると、何も言えなくなってしまった。頭の中が真っ白になる。

どうしていきなり結婚式？

萱野が失敗してしまったのだろうか？　それとも兼須衛の容態が悪化していて、今式を挙げないと危ない状態なのだろうか？

いずれにしても、「旦那様もそれはそれはお喜びで」という台詞を聞いてしまった以上、式から逃げることはできない。

今逃げ出したら、大叔父様がきっと悲しむ。もちろん川口さんだって……

本当は薫子が一番悲しかった。

萱野を信じて今日まで離れに閉じこもっていたのに。不安な数日を必死に耐えていたのに。それもこれも、全て兼人との式を回避するためだったはずだ。

それが今、何もかも全て泡となった。

「私……」

薫子の頬に涙が一筋伝った。

「駄目ですよ、泣いちゃ。嬉し泣きは、誓いのキスの時まで取っておくものです」

先程受け取った箱からティッシュを一枚引き出して、川口はそっと薫子の涙を拭った。

「そうね……。そうする」

涙と一緒に、薫子の喜怒哀楽も吸い取られていく気がする。

「それにしても、時間がなくてちゃんとした衣装合わせができなかったのが残念です。お嬢様だってご自分で色やデザインをご覧になりたかったでしょうに」

そんなのどうでもいい。花嫁姿を見てもらって兼須衛が喜んでくれればいいのだ。

私の趣味なんて……。心なんて……

曖昧《あいまい》に頷《うなず》き返して、薫子は窓の外を見た。そこに広がる空は、東京とは思えないくらいに澄み渡っていて、とても描き甲斐のありそうな青色だった。

けれど、それを空の絵だと理解してくれる人は側にいない。せめて今まで通り執事としてでも仕えてくれればいいけれど、それはそれで心が千切《ちぎ》れそうな思いをすることになるだろう。

だから薫子は目を瞑《つぶ》った。

何も見ず、何にも心を動かさないようにしていれば、いつかきっと忘れられる。

萱野のことをただの執事として見られる日が来るだろう。

＊＊＊

バージンロードを歩く薫子の隣でコツコツという音が微《かす》かに鳴っている。兼須衛が突く杖の音だ。

兼須衛は片手で杖を突き、もう片手はしっかりと薫子の腕に回し花嫁をエスコートしている。

医師からは車椅子を勧められたらしいが、このエスコートだけは自分の足でと、我儘《わがまま》を通したのだ。

ウエディングドレス姿で兼須衛に対面した時、今まで見たことがないくらい兼須衛が幸福そうに笑ったから、これでよかったんだと薫子は無理矢理自分に言い聞かせた。

しかし、まっすぐ進む先の祭壇で待っているのは薫子の愛する男ではない。

その事実に気づき、今更ながらに薫子は震えた。

兼須衛のことも周囲のことも……。自分の心すら偽って式を挙げようとしているのだ。

慣れないハイヒールや長い裾のドレスやベールなどがなくても、バージンロードを進む薫子の歩みは、だんだんぎこちなくなっていく。

参列者達は、そんな薫子の様子を緊張しているんだろうとか、おずおずとした感じが花嫁らしいとか、伏し目がちで清楚だななどと感じながら見ていたが、薫子にそんなつもりはもちろんない。

伏し目がちなのも、現実を見たくないからだ。

だから……

父代わり——いや、戸籍上ではもう薫子の父である兼須衛から、腕を組む相手が花婿《はなむこ》に代わった時も、誓いの言葉に答える時も、薫子は自分の足元しか見ていなかった。何故か式場内がざわついていたこともあり、呼ばれた名前も耳に入らなかったので、再度呼びかけられる。

指輪の交換が近づいてきた。

今更遅いと感じながらも薫子は手指に力を入れ、指輪が入らないように抵抗する。相手にとってそれは些細《ささい》な抗《あらが》いだったらしく、あっさりと薫子の指にプラチナのリングがはめられてしまう。

指輪の冷たさと締めつけられる感じはそのまま薫子の心に伝わり、指よりも胸が苦しく締めつけられた。涙が溢《あふ》れそうになったけれど、それを堪《こら》えて薫子は足元からわずかに視線を上げ、仕方なく新郎の指輪に手を伸ばした。

指輪に触れる直前、ふとこの指輪をわざと落としてしまおうか？　と考えた。

落ちてどこかわからない場所にまでころころと転がってしまえば、探すために式は一旦中断になるかもしれない。

しかしそれをする勇気はなかった。

何より兼須衛が楽しみにしていた式なのだ。このまま滞《とどこお》りなく挙げてあげたい。

薫子は相手の左手の薬指と指輪だけを見つめて、震える手で指輪を取り上げた。

「それでは、誓いのキスを」

神父の台詞に、薫子は目をぎゅっと瞑《つぶ》った。

ベールがめくられ、顔が近づいてくる気配に緊張のあまり血の気が引いてきた。寒くもないのに身体が震え出しそうだ。

どうしよう。どうしよう……

もう引き返せないところまで来ているのに、薫子は後悔と、これでいいんだという思いで心が乱れて気が遠くなりそうだった。

それが、唇が触れ合ったとたん、嘘のように引いていく。

え？

この唇の感触は知っている。この柔らかさも……

これは、まさか……

逸《はや》る気持ちのままに、薫子は目を開けた。

相手の顔が近すぎて焦点が合わない。けれどもそれは確かに……

「薫子、落ち着いて」

萱野が薫子の驚きに気づいてか、そう囁《ささや》いて微笑《ほほえ》んだ。

兼人だとばかり思っていた花婿《はなむこ》は萱野だった。驚きと嬉しさが一気に訪れて、薫子はさっきとは違う理由で震えた。

「私に全て任せてくださいと申しましたでしょう？」

そう微笑《ほほえ》みながら言うと、薫子の腕をそっと取って、歩き出した。

ついさっきまでは重い気持ちで兼須衛と歩いたバージンロードを、今度はふわふわとした気持ちで萱野と腕を組みながら歩いている。

なんで……。なんで萱野が？　これは夢？

頬を抓《つね》ってこれが夢でないかを確かめたい。そんなことを考えていたせいか、ドレスの長い裾《すそ》を踏んでしまった。つんのめりそうになった身体を逞《たく》しい腕で支えられ、そのままひょいっと抱き上げられた。

初めて出会った時は、まるで荷物のように肩に担《かつ》がれたが、今のはいわゆる「お姫様抱っこ」だ。それがとってもても恥ずかしくて、薫子は抗議の声を上げようとした。

「いつも楽な服装ばかりしているからですよ」

だが、抗議の声を上げるより先に、少し咎めるような声が耳元でした。

「ドレスや和服での歩き方も、これからはみっちりとご教育いたします。しかし……」

恥ずかしさのあまり、萱野の胸に顔を埋めるようにした薫子だが、続く言葉に顔を上げる。すると微笑みながら彼は言った。

「同じ抱えるのでも、やはり初めてお会いした時の抱え方の方が楽ですね。それに、少しお痩せになられましたか？　いつもより胸の弾力がないような……」

「なっ……」

この男はっ……！　こんな時に言う台詞《せりふ》かっ……

怒りに任せて睨《にら》みつけてやりたくなったが、幸せな気分の方が上回り、いつまでもこうしていたいと薫子はうっとりと目を閉じた。

＊＊＊

赤ちゃんが薫子の前で小さな口を開けた。

「うわー。かわいい。もっとよく見せて」

薫子はその愛らしい仕草から目が離せない。だがそう言って顔を覗《のぞ》き込んだとたん、赤ちゃんはぐずり出した。

あれから一ヶ月。式直後に薫子は萱野から全ての話を聞いた。

それは薫子にとっても、世間にとっても衝撃的な事実だった。

兼人にはすでに妻がいた。それも約半年前、唐突に休養宣言した人気シンガーソングライターのサエだったのだ。

人気絶頂の中、何故彼女は休養したのか、その後どこへ雲隠れしたのか、当時はワイドショーや週刊誌等で連日騒がれており、半年経った今でも様々な憶測が飛んでいた。マネージャーと駆け落ちしただの、公表しにくい病気に侵《おか》されているだの、または精神を病んでしまった……などなど。

その彼女が、兼人との間にできた愛娘《まなむすめ》を抱いて幸せそうに微笑《ほほえ》んでいる。目の前の光景がいまだに信じられなくて、薫子は自分の頰を抓りたいくらいだ。

「おっぱいかな？　えっと、哺乳瓶……。あ、あっちの部屋に置いてきちゃった。私、あっちでおっぱいあげてきますね」

ぐずっていてもかわいい赤ちゃんの顔をもう少し見ていたかったけれど、サエ——本名は紗江《さえ》という——はそう言って部屋から出て行ってしまった。

「あー、行っちゃった」

「またすぐに会えるよ」

残念そうに見送ると、側にいた兼人がにこにこと笑いながら言った。

「はあ……。でもいまだに信じられない。あのサエが兼人さんの奥さんだなんて……。あのいきなりの休養は、兼人さんとの赤ちゃんができたからだったなんて……」

薫子は紗江が去って行った方角を見て、ため息を何度も吐き出す。

二人は、兼人がサエのバックバンドを担当したことがきっかけで恋に落ち、子宝に恵まれたそうだが、無事出産が終わるまでは、世間に公表するのを控えていたのだという。

「ああ、うん。君には一度話そうとしたんだけど……、なんだか機会を逃《のが》しちゃってごめんね。実はあの頃、紗江の体調が思わしくなくて……。マスコミに騒がれたらお腹の赤ちゃんに影響しちゃうかなって、どこにも情報が漏れないようにしてたんだ。東三条の家にも迷惑かけたくなかったから、実際、仕事先のあのホテルで偶然おじい様の車を見かけなければ、連絡なんて取るつもりなかったんだけど……」

　正装した兼人がはにかんだように笑う。

「でもさ、おじい様が亡くなりそうだから一度屋敷に戻れって言われた時、心配と同時に、申し訳ないけれどこれを利用できるんじゃないかと思ったんだ。君と結婚するって噂を流せば、マスコミをごまかせるんじゃないかなって……、サエが妊娠していて、相手が俺だってことまで一部マスコミでは噂になっていたみたいだからね。とにかく、サエが無事出産するまでは内緒にしようって思ったんだ」

　今度はばつが悪そうに笑う兼人。

「なのに……、まさか萱野にバレてたなんてね」

ため息を一つついて、兼人は薫子の傍《かたわ》らにいる萱野の顔を見た。

「いつだったか……、兼人様とすれ違った時に、チェーンネックレスに通した指輪が胸元からのぞいておりました」

「それだけで気づくってすごいよね。まるで探偵みたいだ」

すでにバレた理由を聞いていたのだろう。兼人は子供のような驚き顔を作り、薫子に向かっておどけてみせた。

「さらに……。病室で結婚を承諾なさった時、兼人様は式だけならと、強調されておりましたので」

「うん。確かにそう言った。そのせいで薫子ちゃんを色々と辛い目に遭《あ》わせちゃったみたいで、ごめんね」

「兼人さんが謝る必要はないと思う。悪いのは全部彼じゃないかな……。だって、何も教えてくれなかったし」

少し膨《ふく》れっ面《つら》をして薫子は萱野を睨《にら》みつけたが、萱野は目を細めて微笑《ほほえ》んでいるだけだ。

「薫子ちゃん、萱野を責めちゃ駄目だよ。だって、彼は本当によくやってくれたもの。実は、マスコミの目さえごまかせればよかったから、萱野と事前に入れ替わりの相談をしていたんだ。だけど、あの式の朝、サエに陣痛が来て……、計画がめちゃくちゃになっちゃうっておろおろしていたら、萱野が僕と着ている物を交換して早く病院に行けって言ってくれて。僕に張りついていた芸能マスコミの目もうまく逸《そ》らしてくれて……。そのせいで薫子ちゃんに事情を話す暇がなかったんだよ」

本当にそうかしら？　萱野のことだからわざと黙っていて私を驚かしたんじゃ？　と思ったが、そこは追及しないでおこうと思う。

聞けばあの入れ替わりには、兼須衛も一枚噛んでいたらしい。

薫子が離れに閉じ込められている間に、兼人は萱野を伴って兼須衛の病室を訪れた。そこで、自分にはすでに妻子がいることを兼須衛に告白したのだそうだ。

それを聞いた兼須衛は、薫子に申し訳ないことをしたと嘆いたが、そこで萱野も自分の気持ちを告白した。

自分は薫子を愛しており、彼女も同じ気持ちである。ぜひ兼人の代わりに結婚式を挙げさせてほしい……と。

兼須衛は驚いていたが、萱野の決意の固さを知ると、すぐに祝福してくれたそうだ。

「おじい様から、そういうめでたい話はもっと早くにするべきだってお小言だけで済んだのも、僕が家を継がずに済むのも、みんな萱野のおかげだね」

そのかいあって、紗江は無事出産を終え、昨日「一児の母になりました」とマスコミ発表も済ませたところだ。

そして今日、改めて正式に、薫子と萱野の披露宴《ひろうえん》が行われる。それは兼人夫婦と子供のお披露目《ひろめ》も兼ねていた。

「だから薫子ちゃん、萱野を怒っちゃ駄目だよ」

「はい。もちろん」

実はもう、萱野のことを怒っていない。彼が薫子を、自分で思う以上に大事にしてくれていたことを知ったから。

あの監禁も、兼人に張りついて屋敷に侵入しようとしていたタチの悪いマスコミから、薫子を守るためにしたことだったのだ。萱野を疑うことしかしていなかった自分が恥ずかしい。

それに、全ては終わったこと。これから晴れの場に向かうのだから、今はただ、幸せを噛み締めていたい。

式の時は下を見ていたけれど、今度は堂々と胸を張って歩きたい。しっかり彼と腕を組んで、一緒に歩いている人が愛する人――萱野なんだと実感して。

「そろそろお時間です」

披露宴会場のスタッフが呼びに来た。

「おっと、紗江を呼んでこなくちゃ」

慌てて兼人が部屋を出て行き、薫子は萱野の腕に自分の手をそっと添えた。


「新郎新婦のご入場です」

高らかに宣言する司会者の声。

披露宴会場の扉が目の前で大きく開き、眩《まばゆ》いスポットライトの中、薫子は明るい未来へ向かって一歩を踏み出した。

鬼畜な執事の昼のお仕事

指を挿《い》れると、まるで待ち構えていたかのように薫子の中がきゅっと締まり、吸いついてきた。その感触と薫子の熱が指に絡《から》むのが楽しくて、しばらく動かさずにいたが、次はどうすればいいの？　と彼女に言われ、萱野は息を呑む。

もうやめよう。こんな教育と称した性的な戯《たわむ》れは駄目だ——そう思っていたのに、またやってしまった。

萱野は自己嫌悪に顔を歪ませながら指を引き抜こうとした。

けれどできなかった。

「そうですね。では次はご自分で動いてごらんなさい」

感じているのか、微《かす》かに喘《あえ》ぐ薫子を見ていると、理性とは裏腹にもっといじめたくなってしまう。

「こ、こう？」

ベッドに両手両膝をつき、腰だけを高く上げた姿勢のまま、薫子は腰を上下に振った。

羞恥《しゅうち》に頬を染めて、指を中心に埋められたままぎこちない動きをみせる薫子に、萱野は瞬間欲情する。

今すぐ押し倒したい。自分の物にして、指ではないもので薫子を哭《な》かせたい。

けれどそれはできない。やってはいけないことだ。

彼女は東三条家の跡取りとして迎え入れられた養女。自分は彼女に仕える執事なのだから、身分違いもいいところだ。

萱野は熱く滾《たぎ》る自分の身体と心を持て余す。それを押し隠したくて、わざと冷たく薫子に命じた。

「もっとです。それでは旦那様になる方を満足などさせられませんよ。私の指をもっと締めつけなさい」

「そんな……」

できない、と顔を横に振る薫子に、萱野はさらに冷たく言い放つ。

「そうですか……。情けない方ですね」

こういうことに情けないも何もない。なのに萱野は、薫子を追い詰める台詞《せりふ》を言わずにはいられなかった。

いっそ嫌われてしまえばいい。そうしたら諦めもつくのに……

いや、あの時点で諦められなかった自分が悪いのか……。萱野は薫子を迎えに行った日を思い出していた。

大学の学食の真ん中で、窓の外を見つめている女性を見て、それが薫子だと萱野はすぐにわかった。何年会っていなくても、どんな格好をしていても、薫子の面影がそこかしこに滲《にじ》んでいる。それに、彼女が窓から見つめているのは空だろう。

子供の頃も、ああして何時間でも窓から空を眺《なが》めていたな……と、変わらない薫子に、萱野の胸に温かいものが満ちた。

だから彼女が画用紙をただ青一色で塗っていた時、それが空の絵だとすぐに気づいた。

それを薫子に言うと、ものすごく嬉しそうな笑顔を見せてくれた。その笑顔が眩《まぶ》しくて、胸をときめかせたのを覚えている。

今も薫子は子供の頃と変わらない表情で空を眺めている。だから……

再び薫子に恋心を抱いた。子供の頃の淡いものではない、もっと激しい気持ちを。

そのせいだろう。薫子もすぐに自分に気づいてくれると思い込んでいた。

しかしそれは甘い期待だった。

彼女と二人きりで事情を説明している時も、リムジンに乗せた時も、彼女の態度がよそよそしい、変に緊張していると内心感じていたけれど、その甘い期待は彼女に自分の名前を聞かれるまで続いていた。

その時になって萱野は初めて薫子が自分を覚えていないのだと理解し、妙に苛立った。

ただ、記憶があやふやな割には「とっくん」の存在を覚えている。そのくせ目の前に「とっくん」本人がいるのに気づかない。しかも、兼人のことを「とっくん」だと思い込んでいるのだ。

だから大人げないと知りつつも、つい薫子に意地悪な対応をしてしまった。

「とっくん」は兼人ではなく、自分のことだと伝えようとも思ったが、ふと、それを言ったからといってどうなる？　という疑問が湧いて、結局薫子の間違いを正さなかった。

自分は東三条家の執事なのだ。

たとえ薫子が自分を「とっくん」だと認識しても、身分の差がある以上、子供の頃と同じような対応ができるわけではない。もちろん、あの頃と同じ想いも彼女に抱いてはいけない。

このまま自分の気持ちは仕舞い込んでしまおう。きちんと彼女を諦めるのだ。

なのに――

記憶が曖昧《あいまい》なくせに、いや、だからこそなのか、薫子は「とっくん」との思い出の落書きを大切にしていて……

だから萱野も、自分の気持ちを抑えきれなくなった。

せめて少しでも薫子に触れたいと……


「はっ、ああああーっ」

薫子の中に挿《い》れていた指が燃えるように熱くなった。そのまま引き千切《ちぎ》られそうな勢いで締めつけられる。

「あ、あっ、か、萱野……。かや……のっ。も、もう……」

「もう？　なんでしょうか？　はっきり言ってくださらないと、私はこの指をどうしたらいいのかわかりませんが」

薫子の嬌声《きょうせい》と指に伝わる衝撃で我に返ったが、彼の口から出るのは冷たい言葉だ。

そんな自分に嫌悪すら覚えながらも、萱野は薫子の中の指を、激しく動かした。

「ひっ！　駄目……、やあぁぁんっ」

熱く、圧力が増してきた秘肉と指のわずかな隙間から、愛液がとめどなく溢《あふ》れてくる。

薫子の下生《したば》えもシーツも、もうとっくにぐしょぐしょに濡れているけれど、そこからさらに絞りだすように指を抽送させた。

とたん、薫子の中が蠕動《ぜんどう》し、蜜を激しく噴き上げた。そのままがくがくと全身を痙攣《けいれん》させ、彼女は気を失ってしまった。

またやりすぎてしまった……

萱野はふうっと切ないため息を漏らす。

もし薫子が思い出してくれたとしても、絶対にこの気持ちを悟られてはならないし、知らせるつもりもない。

そう思っているくせに、こういう行為をしてしまうのを止められない。そんな自分に嫌気が差す。

ひょっとすると、これは嫉妬なのかもしれない。

薫子の反応に、昔付き合っていた男がいるのではと感じたから……

直接薫子に聞いて確かめてはいないし、調べたわけでもない。

ただ、わかってしまったのだ。

薫子を愛するが故《ゆえ》の勘かもしれない。

自分以外の男にもこんな風に反応したのかなど、あれこれ想像してしまい、つい彼女の身体を追い詰めてしまう。

できれば自分の愛撫《あいぶ》だけを覚え込ませたい。昔の男のそれなど綺麗に忘れさせたい。そう思うから。

けれど薫子は絶対に自分のものにはならず、いずれ他の男に嫁ぐ。それは決定事項で……

いけない、こんなことを考えては。

萱野は大きく頭を振り、心を殺す。

ただ淡々と薫子の身体を拭き、汚れたシーツをそっと替える。

本当はバスルームで身体を洗ってあげたかったが、失神したまま眠りに落ちたのか、今は微《かす》かな寝息を立てる薫子を起こしてしまいそうでできなかった。

そっと布団をかけたあと、つい彼女の髪を撫《な》でてしまう。

「んっ……」

そのせいだろう。薫子が、ふと目を開ける。

慌てて手を引っ込めようとしたが、彼女に微笑《ほほえ》みかけられた。

「とっくん……」

「え……」

萱野の心拍数が跳ね上がる。

思い出してくれたのだろうか？　目の前にいる自分が「とっくん」その人だと。

しかし、薫子はすぐに目を閉じ、寝返りを打った。

「……め、とっくん、それは……」

ぼんやりした言葉が薫子の口から漏れる。どうやら子供の頃の夢を見ているようだ。

萱野は苦笑する。同時に、心にもほろ苦いものが広がっていく。

楽しそうな夢を見てくれている。しかも自分との……。それはそれで嬉しいのだが、悲しみの方が多いのだ。

どうして薫子は半端な記憶を残しているのだろうか。どうせなら、「とっくん」と遊んでいた思い出など忘れていてくれたらよかったのに。

深い嘆息《たんそく》が口からついて出る。涙すら込み上がってきそうな雰囲気に、萱野は慌てて、けれども静かに立ち上がった。

そして薫子を起こさないよう——切ない胸の内も気づかれないように、そっと部屋を後にした。

＊＊＊

あれから約一ヶ月。紆余曲折《うよきょくせつ》を経て、萱野の切ない想いはようやく報われた。

ところがその本人は、今ため息をつきながら屋敷の廊下を歩いていた。

わずかではあるが、掃除が行き届いていない部分を見つけたからだ。壁の腰板《こしいた》の上部に埃《ほこり》がついているという本当に微《かす》かなものだったが、一度目につくと気になって仕方ない。

やはり、私が毎日屋敷で管理をしていないと駄目なのか……

ふと、そんなことを思った。

いや、他の使用人が新しい仕事を覚えるいい機会だから、横から口出ししてはいけない。障子の桟《さん》を指で拭《ぬぐ》って眉を顰《ひそ》める姑《しゅうとめ》のようになってはいけないのだ。

「はあ……」

また彼の口からため息が漏れた。どうにも抑えられないのだ。

これまでは執事の仕事の一環として、「隅々まで綺麗にするのを忘れないでください」と掃除をする使用人に声をかけていた。だが、この度婿《たびむこ》養子という形で結婚をして、萱野は今、週の半分を兼須衛の秘書見習いとして働いている。

今日も都心にある東三条グループの本社に出社し、今ようやく帰宅したところだ。

兼須衛は相変わらず紀尾井町を生活の拠点にしているが、萱野は今まで通り屋敷で暮らしている。そのためどうしても帰りが遅くなってしまう。都心から屋敷まで遠いのも理由のひとつだが、大きな原因は兼須衛の会食に同伴しているせいだ。

萱野としては薫子と夕食を共にしたいのだが、秘書としても執事としても、もちろん婿という立場からしても嫌だとは言いにくい。

本当は執事だけを続けていたかった。しかし週の半分でいいから会社の仕事を手伝ってほしいという、兼須衛たっての願いを受け入れた結果、週三日を秘書、休日を除いた残り三日を執事として過ごすことになった。

そのため、毎日屋敷全体を見て回ったり使用人に指示を出したりできなくなってしまって、萱野はなんとなく歯痒《はがゆ》い思いをしている。

それにしても、自分がたった数日いないだけで、なんとなく使用人たちの気が緩《ゆる》んでいる気がするのは気のせいだろうか。

薫子と正式に籍を入れ、披露宴《ひろうえん》を開いてからまだ一ヶ月も経っていないのだ。屋敷中が祝福ムードを引きずって気が緩んでいても仕方ない。

とは思いつつも萱野は使用人たちに注意をするべきか、しばらく様子を見るべきかと悩みながら廊下を歩いていた。

「あの、萱野さん」

背後から誰かに声をかけられた。

「はい、なんでしょうか？」

振り返ると、困った顔の川口が立っていた。

「あの、庭木《にわき》のことなんですけれど……、あっ、申し訳ございません」

言いかけたところで、川口は慌てて頭を下げる。

「『萱野さん』ではなく、『若旦那様』とお呼びしなくてはならないのに……」

「別に構いませんよ。萱野でも、若旦那様でも、どちらで呼ばれても、私は私ですから」

「でも……、薫子お嬢様とご結婚なさったわけですし……。若旦那様がお嫌でしたら、ご主人様？

それにお嬢様も奥様とお呼びするのがよろしいかしら」

「……萱野で結構です」

萱野は苦笑しながら答えた。

「ところでなんのお話だったでしょうか？」

「あ、はい。そろそろ庭木の剪定《せんてい》の時季なので植木屋さんをお呼びしようと思うのですが、いつもの方《かた》がぎっくり腰でお休みされていまして、他に頼める心当たりはないかと……」

川口の言葉に、萱野は目を瞠《みは》った。

彼女の口から「庭木」という単語が出た時、てっきり剪定が必要かどうかを尋ねられると思ったからだ。

もしそう聞かれていたら、毎年やっていることなのだから、そろそろ自分で判断できないのかと注意していただろう。

だが実際はこうやって、自主的に動こうとしてくれている。

使用人たちの気が緩《ゆる》んでいると感じたのは、自分の思い違いだったかもしれないと考え直す。

「それでしたら……」

一気に気分が上向くのを感じながら、萱野は指示を出した。

「ありがとうございます。やっぱり萱野さんにお尋ねするのが一番ですね。あ、えっと、若……」

「いいですから……」

若旦那様と言いかけ直した川口を、萱野は苦笑しながら制する。

「それより、薫子の様子は？」

「お帰りは早かったのですが、何か課題が溜《た》まっているとかで、夕食もそこそこにお部屋へ……。けれど今頃はもう、寝室で萱野さんのお帰りを待たれていると思います」

萱野も薫子も元々自分がいた部屋を、それぞれ仕事部屋とアトリエにしていた。もちろん夫婦の寝室は別にあり、バスルームつきのそこで二人は、毎晩寝起きを共にしていた。

「わかりました。ありがとう」

「では……」

会釈《えしゃく》して立ち去る川口を見送る萱野の頬が、自然に緩《ゆる》む。

薫子が寝室で待っている。この事実だけで、昼間の疲れが全て吹き飛んでいく。

しかし……

緩んだ頬は、寝室に入ったとたん引きつった。

思いっきり眉を顰《ひそ》めて薫子を睨《にら》みつけるが、彼女は萱野が入ってきたことにも気づかず、一心不乱にスケッチブックに鉛筆を走らせている。

フリルやリボンをあしらった、かわいらしい膝丈《ひざたけ》のネグリジェ姿でベッドに腰かけ、絵を描いていた。

「薫子」

呼びかけてみても声が耳に入らないのか、薫子はまだに集中している。

「かおちゃん……」

呼び方を変えてみたが、まだ駄目だ。

萱野は天井を仰《あお》ぎ見、それからやや決意したような表情を作って、口を開いた。

「お嬢様」

そのとたん、薫子の肩がピクリと跳ね上がった。

「え、あ……」

「寝室には、お互いパソコンや絵の道具を持ち込まないと約束しませんでしたか？」

「ご、ごめんなさい」

薫子は慌ててスケッチブックと鉛筆をベッドの下に放り投げるように置いた。

「同じことを言うのも、これで三度目ですよ」

ベッドに膝を乗り上げ、萱野は薫子をヘッドボードのところまで追い詰める。

「課題に追われているのは承知しておりますが……」

「気をつけてはいたんだけど、でも萱野の帰りが遅いから……」

寂しそうに告げる彼女の言葉は、萱野の胸を射抜く威力を持っていた。

そんな思いで自分を待っていてくれたのか、とツキンと心が痛む。

だが、ここで甘い顔をしてはいけないと、萱野は懸命に怖い表情を作り、薫子の顎《あご》を指でくいっと持ち上げた。

「約束は約束です。それに……、何故夫の私を、未だに萱野と旧姓で呼ぶのですか？」

「あ……」

ぽかんと子供のように口を開ける薫子がおかしかったが、やはり顔には出さず、じっと睨《にら》み続ける。

「そんなこと言ったって、先に私のことを『お嬢様』って呼んだのは、とっくんじゃない。だから、つられてつい……」

「私は一番最初に薫子と呼びかけ、次にかおちゃんとも呼びました。あなたが気づかなかっただけですよ。お嬢様」

「やだ、もう、そんな意地悪な言い方しないでよ。私が悪かったから……」

頬を膨《ふく》らませ、唇も尖《とが》らせた薫子を見て、萱野は自分の限界が近いのを悟った。

そのまま薫子に口づける。薫子が欲しくてたまらなくなったのだ。

目を見開き、微《かす》かに躊躇《ためら》う様子を見せた薫子だが、萱野が舌で唇を抉《こ》じ開けると、すぐに自分からも応じてきた。

「ふ……うん」

かわいらしい声を唇の端から漏らし、薫子は萱野の教え通りに舌を絡《から》めてきたけれど、その動きはまだまだ上手とはいえない。けれど、いつまで経っても初々《ういうい》しさの残る様子が、彼には何故か心地よかった。

それが薫子のものだというだけで、全てが甘く痺《しび》れる気がする。萱野は唾液を交換するように何度も角度を変えて唇を合わせた。

しかし、薫子をベッドに押し倒そうとして、ふと視界に入った彼女の手の汚れを見て、気が変わる。

身を起こし、薫子の身体を抱き上げる。

「え、え？　何、どこへ？」

驚いて目を白黒させる薫子に、わざと冷たい声で萱野は囁《ささや》いた。

「お仕置きです。約束を破ったことを反省しているのなら、私のお仕置きを受けられますよね？」

「それは……」

お仕置きという言葉に反応して、薫子の顔は真っ赤になった。

「それに鉛筆が擦《こす》れたせいで、手が汚れている。綺麗に洗わないと」

萱野は薫子をバスルームへ連れて行き、空のバスタブの中に彼女を立たせた。

「待って、待って……。何するの？　洗うって私、ネグリジェ着たまま……。きゃっ」

薫子の言葉が終わらないうちに萱野はシャワーの栓をひねり、彼女の身体にお湯を注ぐ。

ネグリジェが濡れて、あっという間に身体に張りつき、白い布地の下から肌色が透けて見えた。

「相変わらずブラジャーをつけないんですね。これに関してもお仕置きが必要です。男性が脱がせる楽しみを残しておきなさいとあれほど……」

萱野はわざと薫子の胸ばかりを狙ってシャワーを当ててくる。

「やんっ……。あっ……」

そのお湯が乳首を直撃したのか、薫子は甘い声を出し、座り込む。

「ちゃんと立っていないと洗えませんよ」

シャワーを止め、萱野もバスタブの中に入る。それから薫子に見せつけるように服を脱ぎ捨て、薫子の腰を支えてもう一度立たせた。

「洗うって……。私今、裸じゃないし……」

少し泣きそうな顔をして訴える薫子に、萱野の鼓動が跳ね上がる。

決して泣かせたいわけではなかった。けれど嗜虐心《しぎゃくしん》を掻《か》き立てる薫子の表情は、そのまま萱野の欲望と直結してしまい、すぐにはやめられそうにない。

「では、ご自分でお脱ぎなさい」

気づけば、お仕置きはこのくらいにしよう、という気持ちがどこかに吹き飛んでいて、冷たい口調で言っていた。

「は……い」

薫子は素直に従い、自分からネグリジェに手をかけるが、生地が濡れて肌に張りついているせいで、なかなか脱げずに焦っている。

結局見ているだけなのももどかしく、萱野は手を貸した。

早くもつんと尖《とが》っている乳首を指で摘《つま》むようにして布を剥《は》がすと、かわいらしい声が薫子の口から出てくる。

「んっく、あっ……」

バスルームに薫子の声が反響する。それが恥ずかしいのか、彼女は耳まで赤くし、ぎゅっと目を瞑《つぶ》ったまま上体を揺らした。

「ほら、じっとして。でないと……、脱がせられない……」

布を剥がしそこなったふりをして、萱野は何度も彼女の乳首を弾いたり押したりした。その度《たび》に体がびくびくと揺れ、薫子は喘《あえ》ぎ声を大きくしていく。

しだいにもじもじと太腿を擦《こす》り合わせるようにした。

それを見ているうちに萱野のモノに血が集中し、硬く勃《た》ち上がり始める。「お仕置き」の体《てい》を取っているのに、これでは薫子に対して体裁《ていさい》が悪い。

「後ろを向きなさい」

慌ててネグリジェを脱がせてから、萱野は薫子にそう命じた。

自分の状態をなんとしても薫子に気づかれたくなかったのだ。

「両手を壁につけて……」

薫子はまだ下着を身につけたままだ。その腰を両手で引き寄せてから、双丘の上部から下に向かって指を滑らせた。

「はっ。んっ」

薫子の腰が跳ね上がった。

「濡れていますね。どうして？」

「どうしてって……、シャワーのお湯が……」

湿ったそこを指で揉《も》むと、さらに濡れ、じゅくりとした感触で萱野の指が粘《ねば》ついた。

「お湯、ですか……。では、本当かどうか確かめましょう」

「えっ？」

振り返ろうとした薫子を制して下着に手をかけ、一気に引き下ろす。そして萱野は、さっきと同じように指を動かした。

直接触れたそこは、熱を持っていて、もう微《かす》かに綻《ほころ》んでいる。滑らせた指に、蜜が絡《から》みつく。

「ひゃっ、ああ……」

かわいい声を上げ、壁に突いた腕まで震わせる薫子が、たまらなく愛おしい。

「これはなんですか？」

薫子の恥じらう姿をもっと見たくて、萱野は愛液の滲《にじ》む指を彼女の顔の前に突き出した。

「お湯ではこんな風に濡れないと思うのですが？」

「そ、それは……」

萱野の指からさっと視線を逸《そ》らして、薫子は何か言い訳を考えるように何度か目を瞬《また》かせる。

「言い訳は許しませんよ。なんですか、これは？」

言いながら、萱野はまた、薫子の花肉の中心をなぞった。そこからとろりと蜜が溢《あふ》れてきて、薫子の太腿に流れ落ちる。

「や……ん……」

「これは何？　何故こんなに濡れているんですか？」

左手で薫子の胸を揉《も》みながら、溢れる蜜を中に押し戻すように指を使うと、彼女の腰が妖しく揺れる。甘い声を上げ、萱野を誘うような動きをし始める。

「意地悪……」

その拗《す》ねたような言い方がかわいくて、萱野は微笑《ほほえ》む。

ぐっと指を綻びの中に挿《い》れると、萱野が思っていた以上に中は熱く潤《うる》みきっていた。何度か抜き差しするだけで、蜜が滴《したた》り落ちる。

「ふっ。あっ、あっ」

喘《あえ》ぎながら、薫子がこちらをちらりと振り返る。早く挿れてほしいとその目が訴えていた。

おねだりの言葉を聞きたかったけれど、まだまだ初々《ういうい》しい薫子にはこれぐらいが限界だろう。それに、そろそろ自分の限界も近づいている。

薫子の双丘を掴《つか》んで大きく割ると、熱く屹立《きつりつ》した自分のモノを中心に擦《こす》りつけた。とたん、薫子の柔らかな花びらが、萱野を迎え入れるように開く。

つぷりと先端を潜《もぐ》り込ませ、絡みついてくる襞《ひだ》の一枚一枚を感じながら奥まで進めると、一際大きな嬌声《きょうせい》が薫子の口から迸《ほとばし》った。

「くっ、あああっ！　あーっ」

「ん、あっ……。気持ちいいですか？」

本当は聞かなくても、うねる彼女の肉筒の状態でわかっていた。それはひくひくと萱野に絡《から》みつき、悦《よろこ》んでいる。

「私は……。気持ちいい……」

答えを促《うなが》すように、萱野はいったんギリギリまで引き抜いて、そこからまた、ぐっと中を穿《うが》つ。

薫子の奥から多量に湧《わ》き出る蜜が、萱野の欲棒に押し戻され、バスルームにぐちゅっといやらしい音が響く。押し戻し切れなかった蜜が飛び散ってバスタブの中に滴《したた》り、二人の足元にシャワーのお湯と愛液が混じった水たまりができた。

「薫子は？」

ゆっくりと抽送《ちゅうそう》しながら耳元で囁《ささや》き、腰を抱えていた手で乳房《ちぶさ》を掴《つか》む。揉《も》み上げ、膨《ふく》らんだ乳首を指で押す。

「やあっあー！　駄目、一緒にしない……でっ」

快感に腰が抜けたのか、薫子はがくりと体勢を崩す。慌てて抱き留《と》め、萱野は繋《つな》がったまま腰を下ろした。

「な、何っ、やあぁあんっ。ひっ、あぁぁ……！」

自分の体重で、より深いところまで萱野を感じた薫子の声の色が変わる。

「ううぅんっ。深い、ふか……いよぉ……」

のけぞる彼女のうなじに舌を這《は》わせ、下から突き上げた。萱野はさらに彼女を責め立てるため、乳首を弾き、下生《したば》えの中の芽も摘《つま》んだ。

「いっ、あっあっ、ふっ」

薫子の身体が弾み、灼熱の肉が萱野を締めつける。

「一緒に……それも、薫子は三ケ所同時にした方がいいみたいだね……。すごく熱い……」

「や、いわ……ないで……」

泣きそうな声での訴えは、すぐに本当の泣き声に変わった。ただしそれは、色っぽくて悦《よろこ》びに満ちあふれている。

「気持ちいいですか、薫子……？」

乳首を弾いていた指を少し休めてもう一度聞くと、薫子は微かに頷《うなず》き、顔を赤く染めた。次の瞬間、愛液が二人の接点から溢《あふ》れ出て、萱野のモノを取り巻く柔肉《やわにく》が複雑に動いて窄《すぼ》まりだす。

「くっ……」

絡《から》みついてきてきついのに、ずっとこのままでいたい。もっと締めつけてほしいと、萱野の欲棒が限界まで膨張《ぼうちょう》する。

「は、はっ、薫子、愛している……」

夢中になって萱野は突き上げた。

果てるのはどちらが早かったのか……。萱野が薫子の中で放った時、薫子もまた達していた。

＊＊＊

ベッドの上で薫子は寝息を立てている。

あれから立て続けに、二度も貪《むさぼ》ってしまったので、薫子は疲れ果てて眠ってしまったのだ。

またやりすぎてしまったと反省するけれど、「夜の教育」をしていた頃と違い、薫子の様子は満足そうだ。

萱野だって満足している。昔のような後悔や、苦い思いはもうない。

けれど……

ふと、眉間《みけん》に皺《しわ》を寄せる。

床に落ちたスケッチブックと鉛筆が目に入ったからだ。

薫子には夜の教育ではなく、昼の教育がもう少し必要かもしれない。

何度言っても、寝室に絵の道具を持ち込むのをやめないなんて……

やれやれと首を振り、萱野はスケッチブックを拾い上げる。その勢いで表紙が捲《めく》れ、中の絵が一瞬だけ見えた。

「ん？」

思わず声が出る。

まさか、ひょっとして……。他人の物を勝手に見るのはいけないことだとわかりつつも、スケッチブックを捲る手は止まらない。

「これは……」

どのページにも萱野の姿が描かれていた。後ろ姿や椅子に座っているところなど、様々な角度とポーズが揃っている。おまけにその隅には、必ず何か簡単な書き込みがしてあった。

最初の数枚は「なんでこんな人が好きなんだろう」とか「また萱野を描いちゃった」といった否定的な文章だったのが、ページを追うごとに「今頃萱野は何をしているんだろう」や、ただ一言「好き」とだけ書かれるようになっていた。

そして……

後ろの方のページには、式服に身を包む笑顔の萱野の姿が描かれていた。そこには「今日から萱野じゃなかった。とっくん……でもないな。俊義さんって呼ばなきゃ」と記されている。

「あ……」

胸から熱いものが込み上げてきて、目の前の絵が霞《かす》んで見えなくなる。それでもさらにページをめくっていくと、スーツ姿の自分の絵が目に入った。

そこには「今夜も遅いのかな」「最近疲れてる？　なんか心配」という文字の連《つら》なり。

「薫子……」

溢《あふ》れ出る自分の涙を拭うのも忘れ、萱野は薫子の頬をそっと撫《な》でた。

「ん……。とっくん？」

起こさないようにしたつもりなのに、ふっと目を開けた薫子が微笑《ほほえ》む。

「寝ないの？」

「そろそろ寝ますよ」

今の薫は、寝ぼけていても、きちんと自分を認識してくれている。

「……じゃね。おやすみなさい」

薫子はすぐに目を瞑《つぶ》り、また寝息を立て始めた。

萱野はそんな薫子の髪を、今度は起こさないようにそっと撫で、幸せを噛み締めながら彼女の寝顔を見続けたのだった。

三季貴夜（みきたかや）
10月30日生まれ。蠍座。東京生まれの東京育ち。ライター、漫画家などを経てBL小説デビュー。結婚や入院手術などで一時休止。2010年仕事再開。「三季貴夜」名義の他、「月野りんこ」名義でも執筆。趣味はMMORPG。

イラスト：芦原《あしはら》モカ

鬼畜《きちく》な執事《しつじ》の夜《よる》のお仕事《しごと》

三季貴夜（みきたかや）

2016年 10月31日初版発行

編集－仲村生葉・羽藤瞳
編集長－塙綾子
発行者－梶本雄介
発行所－株式会社アルファポリス
〒150-6005東京都渋谷区恵比寿4-20-3 恵比寿ｶﾞｰﾃﾞﾝﾌﾟﾚｲｽﾀﾜｰ5F
TEL 03-6277-1601（営業）　03-6277-1602（編集）
URL http://www.alphapolis.co.jp/
発売元－株式会社星雲社
〒112-0005東京都文京区水道1-3-30
TEL 03-3868-3275
装丁イラスト　芦原モカ
装丁デザイン－ansyyqdesign
印刷－図書印刷株式会社

価格はカバーに表示されてあります。
落丁乱丁の場合はアルファポリスまでご連絡ください。
送料は小社負担でお取り替えします。

ISBN978-4-434-22572-7 C0093